那些人那些事
都市乡村改革开放

方志权 著

文汇出版社

方志权

　　管理学博士，研究员；上海市农业农村委员会二级巡视员，秘书处处长、乡村振兴协调处处长。2016年12月荣获第七届中国农村发展研究奖（杜润生奖）；2018年1月荣获全国农业先进工作者（劳模）。

　　代表著作：《都市乡村"三农"调查——卅年三十篇》《农村集体产权制度改革：实践探索与法律研究》《黄浦江畔的"三农"调查》《城市化进程与都市农业》等二十余部；代表论文：《农村集体经济组织产权制度改革若干问题》等一百余篇。

　　中国散文诗学会理事，有随笔、散文诗等散见报纸杂志副刊、专刊。

▲ 八十八亩田

▼ 百村创业园

东禾九谷开心农场

海沈村

▲ 连民村

▼ 金山嘴渔村

▲ 毛桥村

▼ 莲湖村

▲ 吕巷水果公园

▶ 首批上海市农村集体经济组织登记证书颁证仪式

▶ 第七届"中国农村发展研究奖"颁奖大会

▶ 卖大米

首届"全国十佳农民"李春风

瞧这一家子

兽医姚龙涛

首张新版农村集体土地承包经营权证

糙米青年陈建宇

桃王哈玛匠

万禾有机农场

▲ 同心村

▲ 吴房村

▼ 马陆葡萄主题公园

目　录

辑一　岁月悠悠

"洋菜"扎根上海滩　3

年货进申城　满载异乡情　5

葡萄王国　7

菜篮子变迁记——回眸"九五"看"十五"　9

蔬菜的消费"潮流"　18

城市也要能种地　20

未来中国：谁来种田，怎样种田？　31

农村产权改革：一场静悄悄的革命　42

大都市的肺、胃和肾　52

农民生活芝麻开花节节高　56

拓展功能，农业也将是朝阳产业　60

以产权改革盘活农村"沉睡的资本"　70

让休闲农业农韵十足　76

养只会生蛋的"母鸡"　80

上海新大米飘出"新思维"　84

上海之根的家庭农场创新　87

在摩天大楼眺望乡村之美　90

重新认识乡村价值　94

上海农村集体产权制度改革之路为何走得这样顺畅？　97

以品牌农业建设助力乡村振兴战略　104

在大调研中捕捉"大鲤鱼"　破解利用闲置农房发展

　民宿瓶颈　108

稻花香里沪味浓　113

既打好持久战，又打好攻坚战　116

乡村振兴需避免"干部干、群众看"　123

迎接新时代　走进新乡村　讴歌新生活　133

大城市的发展不能忽视农业　137

辑二　绿色柔情

让绿色天长地久——荷兰温室蔬菜专家阿里印象记　143

"温室就是我的家"——以色列援华专家奥佛印象　145

致力于有机蔬菜的栽培——记门田直之和他的锦菜园　147

兽医姚龙涛：扎根在农民中间　149

老潘和他的股份合作制探索　152

黄浦江边的家庭农场主　家庭年入 37 万元实现"农村梦"　155

我要在上海，种中国最好的桃子　168

弃商从农攻难关，立志种出上海最好吃的橘子　174

"稻花湾"里来了稻米青年　180

辑三　海外掠影

日本的都市农业　189

日本的"菜篮子"　192

从大阪看日本农业　198

有机农业在德国　205

日本都市农业：高品质背后的高效率　208

伦敦、鹿特丹和东京农业农村考察报告　213

附录

习近平总书记在上海工作期间对推动"三农"发展的思考与实践　221

写在后面的话　233

辑
一

岁月悠悠

"洋菜"扎根上海滩

在上海种植的欧美、东洋风味的袋装蔬菜，已出现在华亭、龙柏、希尔顿及驻沪各大领事馆的餐桌上，远方的客人咀嚼着独具风味的家乡菜，倍感亲切。

我们来到了坐落在市区边缘金沙江路上的中日合作设施园艺上海试验场，正巧，赶上场里送菜的日子。在一间间洁净宽敞的菜库里，工人正按照订单的要求，精心地把刚摘下来的新鲜蔬菜分理、装袋。陪伴我们的王罗清场长乐滋滋地说，园艺场栽种的蔬菜严格按照国际标准生产，一不使用河水，二不施用人粪尿，菜畦全部采用自来水灌溉和营养液滴灌。

我们随王场长来到大棚。呵！真是琳琅满目，叫人大开眼界。这形状酷似樱桃的叫"樱桃番茄"，那胖墩墩圆鼓鼓的叫"灯泡茄子"。这些甜椒是白色的，那些花菜是绿色的，黄瓜是褐色的，甘蓝是红色的……真是形态各异，色泽别致。王场长向我们介绍："那是日本人的家常菜三叶芹；这是欧洲人最喜欢吃的龙蒿，别看只种了0.3平方米，已可以满足在上海的欧洲客人。那像小辣椒一样的叫'黄秋葵'，日本人最喜欢用它裹上一层粉，油炸着吃。"王场长笑着问我们："见到过那种芹菜吗？"我们顺着他的指点，只见一棵棵芹菜身材"高大异常"。王场长用采收刀砍了一棵，让我们掂量掂量，足有三斤来重。"那是'美国芹菜'，别看它比普通芹菜要重好几倍，但吃起来却非常鲜嫩。"

在大棚里，我们还看到了栽种在营养液中的黄瓜、番茄，那些瓜果蔬菜的根都生长在水槽中，无病毒，无霉菌，无污染。据说，外宾到这儿来参观，一看这儿的设施，都放心地把刚摘下来的瓜果往嘴里送。

最令人感兴趣的要数种植在园艺场里的生菜了。那里种植的生菜不下几十种，有绿叶生菜、奶叶生菜、红叶生菜、苦叶生菜……组成了园艺场生菜的"大家族"。

"良厨难调众人口"，园艺场为适应来自五湖四海的外国友人的不同口味，先后引进了100多个蔬菜品种，愈来愈受到外国友人的欢迎。怪不得，每天要求订菜的信函和电话连续不断。看来，"洋菜"已经在上海滩上扎下根了。

（刊于 1988 年 9 月 23 日《文汇报》）

年货进申城　满载异乡情

　　走进上海农展馆，一股浓郁的异乡土特产香气迎面扑来。连日来，在展销大厅里，每天都有几千名上海市民在选购自己喜爱的年货。一位专程从崇明岛赶来的老婆婆心满意足地买了20包山东金丝小红枣；一批驻沪领事官员陪同夫人，也加入了购年货行列。但谁又能知道，这些别具风味的异乡年货来之不易呵！

　　那又红又大的"秦冠"苹果，来自西北黄土高原。山东的金丝小红枣，是冬令滋补佳品，在山东也是非常紧俏的商品，这次，山东人民为了给上海人民送年货，特地送来了10多吨小红枣。内蒙古远离上海3500公里，风大雪厚路坎坷，开车送年货十分艰险。一路上，驾驶员渴了抓把雪，饿了吃点干粮，终于送来了5吨年货。四川资中的锦橙，皮薄少核甜度高，为了使采摘下来的锦橙新鲜可口，他们把1.6吨锦橙，个个都用保鲜袋套好，送往上海。押车的老王、小李、小董，只带了两箱方便面，七天七夜没有吃上一口热饭。车至上海，老王整整发了三天高烧，可他却乐哈哈地说，"病了没关系，要紧的是要向上海人民表表四川人民的心意。"

　　展销期间，安徽、浙江等省了解到上海肉制品比较紧缺，当即组织力量为上海赶送来冻腿、大排、板鸭、牛肉和羊肉。四川、江苏、山东等省纷纷给省里发电，昼夜兼程赶送脱销年货。

"让上海人民乘兴而来，满意而归"，"向上海人民拜年"。20多个兄弟省市人民为上海人民带来的不仅仅是一包包土特产年货，他们还给上海人民带来了一片片深厚的情意！

（刊于 1989 年 1 月 20 日《文汇报》）

葡萄王国

夏末秋初，正是葡萄上市的季节。我们应邀来到了闻名市郊的嘉定马陆园艺场葡萄园。这里，50多亩葡萄可望盛产葡萄16万担，屈指数来，这已是第6个丰收年了。

走进葡萄棚区，拨开翠绿的叶子，一串串整齐、匀称的紫黑色葡萄历历在目。凑近细瞧，只见一粒粒葡萄密密地附着一层乳白色的果粉。透过葱葱的绿叶丛，阳光照射在那小鸽蛋一般大小的葡萄上，发出晶莹的果光，煞是好看！我们忍不住伸手摸了摸，嘿，还蛮有弹性呢！

单场长告诉我们：园艺场种植了53种从国内外引进和培育的葡萄品种，除了供消费者生食的葡萄外，还种植了制汁葡萄和制酒葡萄。

那些绿黄的叫"葡萄园皇后"；粉红的是"红玫瑰"；那椭圆形的"玫瑰香"葡萄属欧亚种，品质佳，产量高，用"巴肯"和"玫瑰香"杂交而成的"意大利亚"，它原产意大利，几年前远渡重洋转嫁沪郊，如今也已开花结果……

望着这丰收的葡萄，单场长自豪地对我们说："这些葡萄一般单粒果重都超过10克，着色度为5级以上，含糖量也在15度左右。"

近年来，园艺场在市有关科研人员的协作支持下，加强科学栽培，注重整穗修枝，更新了不少葡萄品种，提高了葡萄的质量。最近，在上海葡萄专家李世诚的主持下，园艺场成功地从众多的葡萄品种中筛选出以"先锋"为主，"龙宝""国宝""喜乐"为辅的大粒无核葡萄新品种，使上海的葡萄生产向高档化、无核化、优质化、早熟化迈出了重要的一步。

　　临走，单场长向我们透露了一个好消息：葡萄王国里的"先锋"无核大粒葡萄，从明年起将在市郊逐步推广扩种。届时，上海市民将有口福一尝这"水晶葡萄"了。

（刊于 1989 年 8 月 22 日《文汇报》）

菜篮子变迁记

——回眸"九五"看"十五"

以前上海的早晨是从菜篮子开始的。天色蒙蒙，雾霭重重，弄堂里一扇扇门就吱吱地响了。张嫂王妈，甚至十几岁的女孩子，一个个提着菜篮子，连奔带跑地到小菜场去了。

那个时候，谁想得到今天的日子——"菜篮子"商品应有尽有，任何时间都有菜买，想吃什么都方便，张嫂王妈面对太多的选择眼花缭乱，心满意足地叹道："真不晓得买点啥!"

破篮子排通宵，恍如隔世

过去上海人谈起家务事，第一个问题就是"啥人买菜"。买菜是最吃重的家务，也是最体现家庭责任感的事情。至今很多中年人，都有过排队买菜的经验，而这些经验大多由令人心酸的回忆组成。一位报业集团的高层领导，说到早年排队买菜时，衣袖上也有过粉笔写的号码。

记者的同事姚女士，说起那个过年买菜的情景唏嘘不已。那天零点刚过她就去菜场排队买带鱼，鱼摊前空无一人，只有草绳系着一串破篮子，按当时的规矩，这也算排位。她便老老实实地站在破篮子后面，不敢离开半步。可怜小学还未毕业的她，在刺骨的寒风中等候了几个小时。然而就在开秤前，一下冒出许多人来认领破篮子，大部分还是她家邻居。小姑娘不敢吱声，眼巴巴地看着带鱼一条条放进了人家的菜篮。轮到她的时候，带鱼卖完了，营业员说："明天早点来。"母亲赶到一看，火冒八丈，把她一路数落到家。她说，母亲是个知识分子，从未这样凶狠地责骂过孩子，而她也从未受过这么大的委屈。她把这件事讲给她十多岁的儿子听，孩子说："半夜起来排队，太搞笑了。买不到带鱼，就不能吃别的吗？"

　　在过去的岁月里，这样的故事确实每天都在重演。因为商品的短缺，六七十年代，上海人开门 7 件事，一概按计划凭票供应。曾经发出的 94 种票证中，副食品就占了一大半。买鱼要鱼票，斩肉要肉票，豆制品记卡卖，家禽过节才供应，凭卡供应的青菜，每人每天仅 0.1 公斤。不识字的老太，也能把鱼肉蛋票搞得一清二楚。可即使手里拿着票，还要经过千辛万苦的排队，而且不能避免排队落空的结果。于是不守秩序、抢档插队、走后门儿，种种反抗短缺的举止就这样产生了。绝大多数上海人在"菜篮子"上是没有退路的，家中不能养鸡也无法种菜，有孩子在外地农村插队落户还得往外带，谁都豪爽不起来。早些年上海人性格中的弊病与物资的贫乏、与"菜篮子"商品的短缺是有关系的。在相当长的岁月里他们难以摆脱由此产生的紧张心情，既要在限量供应下安排好家人的生活，又要忧虑购物中出现的种种不便和意外，最终精明到"斤斤计较"而受抨击。

菜篮子搞工程，近在眼前

江泽民同志和朱镕基同志在上海主持工作期间，对市民"菜篮子"商品短缺的情况感同身受。他们了解上海人喜食绿叶菜的习惯，曾经形容说"三天不见绿，肚里冒火星"。市农委的同志，至今对蔬菜淡季和受灾时副市长们全体出动去外地求援的情景记忆犹新。1000多万上海市民和几百万流动人口，每年消费的蔬菜达200多万吨，而1988年全市蔬菜年上市量仅121万吨——那么多张嘴等着要吃菜！

1988年，上海市委、市政府率先在全国提出"菜篮子工程"建设，开始有计划、有步骤地进行生产供应基地的建设。1989年，"菜篮子工程"在全国推广开来，各地蔬菜生产都跃上新台阶，丰富的产品也源源不断地涌入上海这个庞大的市场。1994年进入上海的外地蔬菜是19万吨，而1999年已超过100万吨。每天凌晨，曹安蔬菜批发市场里车水马龙，人声鼎沸，可谓菜天菜地。到1999年，上海的蔬菜年生产总量也达到了240万吨，全市全年日均鲜菜供应量保持在4500吨以上。在成功实现蔬菜基地转移后，"九五"期间，上海市政府又将蔬菜设施现代化建设的重点放到提高档次、进一步增强蔬菜抗波动能力上。"九五"期间，全市每年投入建设资金上亿元，建设连栋管棚、大棚、水泥明沟、喷灌、暗排等各类基础设施，建起了234

个蔬菜种苗园艺场，工厂化育苗设施200多座；从荷兰、以色列等国引进现代化温室30公顷，孙桥、东海、奉浦、泗泾、马桥、罗店等现代蔬菜园艺场成为现代化式的生产的样板点和生态农业的示范点。青枝绿叶黄花红果，美丽如画的菜园还作为观光点向学生和市民开放。无土栽培，作物生产生长无限化，肥水调控电脑化等现代科学技术的推广，更提高了蔬菜生产力水平。1982年全市常年菜田种菜劳动力15.6万人，每个劳动力种菜1.28亩，1999年则实现了人均种菜4亩。

如今，全市周年供应的蔬菜品种有35个，节假日期间达100个。落户本市的洋菜已有50大类300多种，山东的萝卜湖北的藕、台湾的草虾广东的鱼，甚至国外美国的芹菜荷兰的豆，市民不出家门也能吃到天下菜。全市400多个规模化养猪场实现瘦肉猪生产，瘦肉率达55%以上。新建200多个特种畜禽、水产品养殖场，还开发了肉羊、野鸡、肉鸽、鸵鸟、七彩鸡等新品种，生猪出栏数由1985年的281万头上升到470万头，家禽上市量也由7532万只上升到1.61亿只，从根本上扭转了"菜篮子"商品短缺的局面。

回眸"九五"看"十五"，前景更辉煌。到2005年，上海全市常年菜田平均亩产值将达到1万元，园艺场亩产值达2万元。蔬菜管棚面积将发展到4万亩，推广蔬菜滴灌面积1万亩。而"上海菜"也开始迈出家门，向日本、韩国、菲律宾、新加坡、泰国、新西兰、俄罗斯等十几个国家出口。到2005年，年出口蔬菜量还将大幅提高。

"菜篮子"商品的丰盛，供求关系的变化，给上海人的观念和生活习惯带来了影响。过去腌咸菜、晒豆板、制笋干"备战备荒"，如今风暴雨季也不愁没菜吃，菜篮子也早已被"马甲袋"取代。下班之后从菜场和超市顺路捎带一些成品或半成品，到家不用挑拣不用洗，起个油锅就算很有家庭气氛啦。

厨房间闹革命，翻天覆地

1997 年起，上海市政府开始抓"家庭厨房工程"，专业化、工厂化的副食品精深加工，使上海人的饮食更讲科学、讲营养，吃得合理、吃得健康，同时解决了更多人的就业问题，也把越来越多的市民从繁琐的家务劳动中解放出来，有了更多的学习和休闲的时间，生活质量得到了明显的提高。

"家庭厨房工程"的实施和推广，与自选超市的出现密不可分。1995 年，农工商超市 1 分店开张时，在店内开辟了副食品一条街，背靠有 78 万亩土地的农场，实行产销一体化经营，生意越做越好。1999 年开出的第 118 店内，副食品街已经变成了宽 15 米、长 160 米的食品街。4000 平方米的室内菜场里，数千种副食品琳琅满目，形成了蔬、畜、水产等生鲜食品材料，盆菜、面制品等生鲜加工食品以及烤鸡、烤鸭、烤面包等现成生鲜商品 3 大系列，日销鸡蛋 3 万公斤、蔬果 90 吨、烤鸡 1.2 万只、鲜猪 300 头、快洁菜 10 万盒，主副食品的销售额占到农工商超市销售总额的 25%。

徐家汇商圈的新路达华联吉买盛，如今是市副食品办公室"家庭厨房工程"的西区定点商场。新路达的旧址原先就是华山菜场，拆建后，附近居民买菜不便。经过周密的调查，去年底商厦调整经营结构，引进华联吉买盛，给顾客带来一个新层面意义上的室内菜场。走进那里，犹如来到干净整洁的室内菜场，"上食"集团员工在此当场生切的"放心肉"，活蹦乱跳的鱼虾，绿油油的新鲜蔬菜，精心配制的营养膳食半成品，香喷喷的烤鸡、烤条排，热气腾腾的炒素、炒毛豆，可谓应有尽有。新路达总经理陈恬对记者介绍说，为满足周围居民和顾客的需要，还延长了营业时间，自然生意也越做越大。开业仅半年，月月推新品，8月份的生鲜熟食营业额就达到230多万元。各类贴有"绿色食品"和"有机蔬菜"标牌的蔬菜，更受到居住在附近"老外"们的欢迎。而晚到的上班族，也能买到每天下午6点以后送来的新品种。

厨房工程的启动，使"菜篮子革命"更加深入人心。上海人善于接受新事物，方便快捷的"厨房菜"，也有了越来越多的消费者。上海的早晨，少了匆匆忙忙的买菜人，多了琅琅读书声；街头广场绿荫下，更添了打拳舞剑做操的晨练人。市民的精神文明与素质进步，也许就从这一个个愉悦的早晨开始了。

有机菜新趋势，回归自然

"九五"期间，上海市政府把搞好"放心肉"和"安全菜"

作为"菜篮子工程"的重中之重。为确保人民身体健康，明令禁止在本市销售使用甲胺磷等高毒高残留农药，因为这些被禁止使用的剧毒农药，在先于我国使用的发达国家的青年一代中已经出现了后遗症。对规范化生产的蔬菜等副食品经鉴定后，由有关部门颁发"绿色食品"标志。

近年来，在美、日、德等发达国家倡导下，还出现一种完全不用化学肥料、农药、生长调节剂等合成物质，也不使用基因工程生物及其产物而生产的蔬菜，被称为"有机蔬菜"。在美国，这种蔬菜已达到40%。这种全新意义上的回归自然，正获得越来越广泛的认可。目前在本市松江新桥也已经有了211亩的"有机蔬菜"和1700亩水稻，由日本义济堂农业科技有限公司投资生产和经营。"义济堂"是有100多年历史专事西服面料和生产的公司，1998年在上海松江县领导的支持下，在沪投资并引进技术开始"有机蔬菜"的生产实验。

记者专程去新桥义济堂"锦菜园"探访，看那些不施化肥农药的蔬菜是怎么种的。蓝天丽日下，菜田看上去只是一排排白色的棚，钢骨撑起的防虫网赛过给蔬菜拉蚊帐，走近后扯开帘口，才看到绿油油滚着晨露的青菜，白胖胖钻出土地的萝卜。菜农正在棚里浇水、拔草，像养花一般侍弄着那些来自日本的良种蔬菜。日本籍总经理刚巧回国去了，总经理助理欧阳伟先生对记者介绍说，锦菜园开张以来遭遇了不少困难。去年2月开张当日，地加温线短路起火烧了几只棚；6月水灾全淹了菜田；12月暴冷零下7摄氏度，蔬菜又冻得死光光。所幸各级政府大力支持，及时送来抗灾物资和精神鼓励，使锦菜园一次次"死而复生"。他说"有机蔬菜"在国际上是一个崭新的课题，大家都在摸索。最重要的是改良土壤，让原先板结的土地重新松动，锦菜园用种鸡场提供的有机肥和先进的松土设备在进行，但完全恢复活性还需要好几年持续不断的努力。他们还从中草药中研制出了防虫趋避剂，每周给蔬菜和水稻喷洒，并用进口天然矿物质中提取的硅化物来增强植物的免疫力。目前，菜园已经通过多次国家环保部门以国际标准进行的"飞行检查"，取得了2张"准有机蔬菜"证书，等到明年再通过一次检查，就可以拿到正式"牌照"了。

可以想见，以目前环境条件，完全不用农药杀虫，对种植和管理的要求很高。而不用无机化肥助长，势必延长作物的生长期并影响产量，因此成本高，价格贵。然而这种回归自然的纯天然种植的诱惑不仅是安全无毒，而且吃口特好。欧阳先生从地里摘下一个水果玉米，看上去与普通玉米无异，一口咬上去，嘿，竟然能吸出甘甜的汁水，让人唇齿留香。还有那些小个子黄瓜，青绿色的肉质也很结实，没有一些"化肥黄瓜"的酸膨气。目前，锦菜园的有机蔬菜仅在友谊商城、新路达华联吉买盛等超级市场少量供应。驻沪日本人家属闻讯后都赶早采购，到下午就销售一空。菜园已有计划在上海、山东、江苏常熟等地扩大生产面积。

从半夜排队买菜，到半夜里还有买不完的菜；从"捞到篮里全是菜"，到可以任性挑拣吃"安全菜"，尽享口福之欲，上海人的生活已经发生了翻天覆地的变化。人民政府用十多年的时间解决了一些发达国家几十年才解决的问题。菜篮子是一个城市乃至一个国家政治经济的晴雨表，也是人民生活品质与精神风貌的"量角器"。可以看到，在物质丰裕的今天，上海人已不再为小事斤斤计较，患得患失；人们胸怀更开阔，目光更远大，生活更美好，前程更灿烂。

（刊于 2000 年 9 月 9 日《新民晚报》，

本文另一作者为唐宁）

蔬菜的消费"潮流"

　　随着人民生活水平的不断提高，上海蔬菜产业将朝着高产、优质、高效、安全、生态方向发展，蔬菜消费将逐步实现环保科技型、新鲜多样型、营养保健型和加工方便型。

　　环保科技型。今后，上海市民的绿色消费观念日趋成熟，吃菜已不再满足于吃饱，更注重吃名牌、吃品牌，吃出健康。因此，无公害蔬菜、绿色蔬菜、有机蔬菜特别是有机蔬菜的需求将越来越大。据统计，1999年上海市民与在沪外籍人士消费有机蔬菜的比例为2：8，2001年的比例已转变为8：2，而目前的比例已达到9：1，尽管这部分市民有机蔬菜的消费量在上海市民中所占的比例还很低，但它传递了市民吃菜正由"数量追求型"向"质量追求型"转变的信息。据初步测算，上海1700多万蔬菜消费人口，如按10%的比例消费有机蔬菜的话，需要日均上市供应500多吨有机蔬菜，而目前上市量仅为5吨，发展潜力很大。因此，发展有机蔬菜，有利于满足国际大都市市民对于真正健康的、安全的、高品质的生鲜食品消费的需求。

　　新鲜多样型。"三天不见绿，肚子冒火星。"偏爱绿叶菜是上海市民的嗜好。随着人们生活质量的提高，这一传统消费习惯一时难以有所改变。未来，上海各类绿叶菜的品种将更加丰富，生产数量也将有所扩大；各类安全检测手段更加便捷有效，届时世界各地的绿叶菜都将在沪登台亮相。绿叶菜由目前占总量的 1/3 增加到 1/2，且上市的绿叶菜都呈规格化、标准化，消费者对绿叶菜的需求基本上不会受季节影响。

营养保健型。蔬菜是重要的功能性食品，人体需要的六大营养素中的维生素、矿物质和纤维素等主要来源于蔬菜，而且某些营养素还是蔬菜所特有的。因此，在数量扩大和品种增加的情况下，选购蔬菜时，消费者偏好选择营养价值高和保健功能强的蔬菜。野蘑菇、蕨菜、马齿苋、罗汉菜等具有明显保健作用和具有较高营养价值的野菜，将受到消费者的青睐。

加工方便型。随着市民生活节奏的不断加快以及蔬菜产销全面实施标准化管理，各类半成品、成品等方便菜、休闲菜所占份额也将越来越大。今后将普遍采取两种方法：一是实行净菜上市，朝着净菜小包装方向发展，即在产地对蔬菜进行整理、消毒、灭菌、分级、包装密封，然后打上商标上市；二是实行深加工和精加工，将蔬菜制成速冻蔬菜、汁液蔬菜、粉末蔬菜、美容蔬菜、方便蔬菜、蔬菜饮料、蔬菜蜜饯、蔬菜西点、蔬菜脆片等产品，这些蔬菜便于进入超市、大卖场，也便于市民购买。

（刊于《解放日报》2004 年 10 月 10 日）

城市也要能种地

把粮食种在摩天楼里

有这样一个趣味问答：世界人口越来越多，耕地面积越来越少，未来吃什么？未来食物从何而来？答案各有千秋。其中有个答案很有意思：发展垂直农业（垂直农场）。有科学家称，至 2050 年，全世界的垂直农业可养活 100 亿人口。垂直农业其实就是"摩天楼农业"。从 1999 年起，美国哥伦比亚大学教授德斯波米尔就在研究摩天楼农业的方案。他估计，一幢 30 层的垂直农庄可养活 5 万人。垂直农业采用循环系统，水、能源和土地的用量都很省，单位面积的产量均高于"水平农业"，如草莓的生产率是"水平农业"的 30 倍。有鉴于此，目前美国正在实施所谓的"蜻蜓计划"，就是让传统意义上的农场由横向变成纵向，也就是说把粮食种在摩天大楼里，往高处发展。

与美国有所不同，在日本，则是屋顶农业走俏。比如，在寸土寸金的东京六本木新城，很多高楼和车站的屋顶都得到利用，建设屋顶农园，种植水稻、蔬菜和花卉等。当地居民特别是少年儿童可以在插秧和收割季节报名参加农事活动。这些屋顶农园既让人们亲近了大自然，也利用有限空间增加了城市绿色，为减轻城市热岛效应、建设生态社会作出了贡献。

其实，摩天楼农业的理念，最初源自加拿大。世界上首家屋顶花园农场，位于加拿大蒙特利尔北端一栋楼顶上，占地面积达 3000 平方米，由卢法农场负责经营。尽管屋顶农场的投资很大，但它的前景已被广泛看好。

与摩天楼农业及"天空农场"有同工异曲之妙的是，2010年上海世博会中国船舶馆的漂移农场船。漂移农场船总长 330米、宽 60 米，分为上下 4 层。作为海上航行城市的主要食品生产和供给基地，漂移农场船无疑是个新概念，它集合了海水淡化、蔬菜水果种植、家禽家畜养殖、食物生产加工以及农作物循环综合利用等多种功能于一身，保证居民身处海上也能吃到鲜活农产品。在地球耕地资源日趋减少的大背景下，创制出这样的漂移农场船，是一种极富想象力的创新。

都市农业的前世今生

事实上，都市农业不是人们闲极无聊的产物，而是经历了一个渐变的过程，其前身可以追溯到经济发达国家或受近代西洋文化启蒙较早的一些国家中出现的"市民农园"。

从世界上看，日本是出现都市农业最早的国家之一。"都市农业"最早作为学术名词出现，是 1935 年由日本学者青鹿四郎于其所著《农业经济地理》中提出的，他对都市农业作了明确的定义："所谓都市农业是指分布在都市工商业区、住宅区等区域内，或者是分布在都市外围的特殊形态的农业，即在这些区域内的农业组织依附于都市经济，直接受都市经济势力的影响，主要经营奶、鸡、鱼、温室、观赏植物、鲜菜、果树等生产，专业化程度较高，同时又包括稻、麦、畜牧、水产等的复合经营。"其后，许多学者纷纷对都市农业的内涵进行了阐释，比如庭院农业、市民农园、农业公园、民宿农庄、银发族农园、体验农业、观光农业等。

都市农业的概念也在不断发展变化中。1992年，国际都市农业组织、联合国粮农组织和联合国开发计划署对都市农业所作的权威定义是：都市农业是指位于城市内部和城市周边地区的农业，是一种包括从生产（或养殖）、加工、运输、消费到为城市提供农产品和服务的完整经济过程，它与乡村农业的重要区别在于，它是城市经济和城市生态系统中的组成部分。这些定义已将都市农业的范围从城市的开放空间扩展到了受城市影响的郊区地带，并且除考虑城市的可持续发展外，还增加了如食物、工作、健康及城市与农业在空间和部门之间的相互作用等方面，考虑到了都市农业的复杂性。这一概念目前已被学术界广为认同。

但因世界各国大中城市的发展格局各不相同，都市农业所指对象也出现了差别。根据对地域范围的界定，都市农业可分为两类：一是指大都市中城市区域内部的农业；二是指大都市中城市区域外围的农业。前者包括许多发达和发展中国家在内的大部分国家，都市农业所涉及的重点区域是城市内部，典型的如新加坡、日本，这些地区的城市布局是呈星状或点状结构的，都市农业零星分布于其中，包括居民点附近、公园空地等公共用地和私人住宅区的阳台、屋顶等地。后者如我国，都市农业所涉及的重点区域是北京、上海等大城市的城郊地带，这些地区的城市布局是呈带状或环状结构的，都市农业分布于大面积的郊区。

国外特别是发达国家都市农业的兴起，有其制度（土地私有）和法律上的原因，是一种自下而上和自上而下相结合的过程和产物。在工业化过程的前期，城市的快速扩张使得大量农田被侵占，由于缺乏有约束力的规划，在市区内留下许多零星农业用地，这就是都市农业的最初来源。后来随着城市弊病日趋明显，人们逐渐发现了农业的多功能价值，于是开始自上而下地重视和扶持都市农业。在城市进一步的扩张和发展过程中，基于生态环境效应的考虑，人们有意识地在都市圈内保留部分农田。如在欧洲国家的市镇和城市中，19世纪末以前就保留有用于种植和养殖的耕地。直到第二次世界大战结束后，政府才出台鼓励辟出专门耕地用于蔬菜等生产的措施。又如日本的都市农业，就是"划线"法律和税制制度的结果，是被动的、保持性的和缺乏规划性的。

而在发展中国家，如非洲，都市农业走的是另一条不同的道路。政府认为都市农业不合法，不允许其存在。但因为农业是城市贫民谋生的重要保障手段，所以都市农业一直在艰难地生存着。20世纪80年代，国际发展合作协会在发展中国家发起了社区和家庭农园活动；1983 年，国际发展研究中心成立了一个专门机构，资助若干发展中国家对于都市农业的研究。研究包括了都市农业与人们的食物、健康、营养不良和社会发展等之间的关系。在上述国际组织的带动下，再加上非洲国家后殖民地时代的改革以及经济衰退的影响，政府对都市农业的规定有所松动，从而促进了非洲都市农业的发展。

我国的都市农业实质上是由政府和学者自上而下提出的一种举措。我国的城市一般是"摊大饼"式地发展，在城区内绝少存在农业用地，都市农业概念是由城郊农业发展而来。20 世纪 70 年代之前，大城市郊区（无论是上海还是北京）同一般农区一样，毫无例外地"以粮为纲"，大抓粮油生产。进入 80 年代，人们对郊区农业的功能认识有所提高，提出了"副食品生产基地"的指导方针。再后来，区别于一般农区的城郊农业的提法问世。20 世纪 90 年代又出现了都市农业、都市型现代农业和都市现代农业的概念。

为什么要发展都市农业

目前，上海农产品总体自给率在 40% 左右，农业占 GDP 的比重仅为 0.6%。但面对城市化进程的日益加快，包括上海在内的很多城市都开始重新审视和定位都市农业的功能和地位。

那么，都市农业到底具备哪些功能呢？除了向人类提供更多、更好的特定产品以满足不断增长的基本需求外，还承担诸如环境保护、国土整治、水资源管理、维系自然资源的永续利用、绿化市容市貌、提供旅游观光场所、扩大就业、推动和促进国民经济可持续发展等其他经济、社会和生态功能。打个比较形象的比喻，都市农业既有"胃"的功能（保障鲜活农产品应急供应），又有"肺"的功能（改善环境、旅游休闲），还有"肾"的功能（城市生态屏障），而农业的这些功能大多是无偿向全社会提供的。

具体来说，都市农业的经济功能主要表现在：

食物保障机能。都市农业利用现代工业和技术，大幅度提高农业生产力水平，为城市居民提供鲜活的蔬菜、畜禽、果品及水产品。它虽然不能完全满足城市主副食品的需要，但能够发挥重要的补充和调剂作用。同时，都市农业大多注重对农产品进行精深加工，发展高附加值的商品生产，经济效益也正在不断得到体现和提升。

原料供给机能。随着城市居民健康意识、环保意识的日益增强，对以农产品为原料的制成品需求呈快速增长态势。这既强化了都市农业对工业发展和创新的原料支撑作用，也为都市农业和商贸业发展开辟了新的空间。

出口创汇机能。都市农业依托城市对外开放等优越条件，冲破地域界限，实行与国际大市场相接轨的大流通、大贸易经济格局，可以加快农副产品的流转创汇增值，提高农业附加值。

都市农业的社会功能主要表现在：

就业增收机能。都市农业具有"社会劳动力蓄水池"和

"稳定减震器"的作用。通过开发利用农业多种资源，发展农产品加工、流通及相关产业，挖掘农业生产各领域的"容人之量"，拓宽农业产业多环节的"增收之道"，进而对促进社会的稳定发展、城乡居民就业、农民增收等产生积极的作用。

旅游休闲机能。农业观光、休闲旅游是都市农业的重要组成部分。在都市内保留一些农地空间，既为城市增添绿色，也能为市民提供旅游休闲活动空间，增加减轻工作、生活压力的新渠道，进而达到舒畅身心、强健体魄的目的。

文化传承机能。通过体验式农业活动，有助于传承和发展农业文明，有利于促进城乡文化交流。

都市农业的生态功能，则主要表现在：

保护生态机能。都市农业通过开辟城中森林，创立公用绿地，建设环城绿带，可以建立起人与自然、都市与农业高度统一和谐的生态环境。同时，农林牧副渔综合发展，多种作物实行轮作，也符合循环型经济发展规律，有利于都市农业发挥净化环境的机能。

增加景观机能。农业是城市的背景和衬托，离开它，城市就会孤单。在山区城市，体现绿化的是绿地、树林；在平原城市，体现绿化的则是农业。如水稻田就是城市长期的、稳定的季节性湿地，是有生命的基础设施。

防御灾害机能。都市人口密集，建筑物多而高，一旦发生灾害，农地可用作暂时避难所。此外，都市农业的农田，在必要的情况下还可为城市的下一步发展预留空间。

城市里如何种好地

农业现代化体现为：高产、优质、高效、生态、安全。对于像上海这样的特大型城市来说，尽管城镇人口比例很高，农村人口相对较低，二三产业比重较大，农业比重较小，但这并不意味着农业的地位可有可无。相反，建设具有上海特色的都市农业，可以为全国农业现代化建设创造新经验，实现新示范。

上海农业的发展，应该既具有现代农业的一般特征，又反映城市化进展较快地区农业发展的特殊性。上海建设现代农业的核心是高效生态农业，高效是农业作为城市一种产业的立足之本，生态是城市可持续发展的基础保障。这既是适应上海高土地级差地租和发挥资源禀赋比较优势的内在要求，也是使农业成为能够带动农民致富的高效产业的必要条件。生态，就是要按照人与自然和谐发展的要求，实现种养业良性循环发展，全面推进农业标准化清洁生产。就是要以绿色消费为导向，大力发展优质安全的农产品，形成从农田到餐桌全过程的农产品质量安全保障体系。总之，围绕高效生态这根红线，提高土地产出率、资源利用率、劳动生产率，努力增强上海农业的影响力、带动力和服务能力。上海现代农业建设应该更加依靠科技进步和劳动者素质的提高，更加依靠现代生产要素的引进和使用，更加依靠市场机制的基础性作用，更加依靠农业多功能的开发。

未来上海都市农业的发展总体目标是，用工业化手段、市场化理念加快农业现代化建设，形成规模连片集中的集约农业，现代信息和生物技术武装的科技农业，产加销一体的高效农业，生产、生活和生态相协调的循环农业，立足长三角、面向全国的服务农业，努力使上海农业在设施、组织、科技等方面处于全国领先地位。

当然，在发展都市农业的过程中，我们要正确把握都市农业的概念。都市农业有其地理位置上的独特性，既与大都市深度融合，服务于都市，为都市提供有形和无形、有价与无价的服务，同时也必须依托于大都市，需要都市其他产业资金和物质的投入。因此，不应过分扩大都市农业的范围。都市农业的发展也与城市化进程密切相关，是一个动态的过程。因此，它最基本的特征是可持续性的农业现代化，对内为现代化都市经济发展提供服务，对外为整个农业和农村现代化发挥带头作用。这就要求都市农业必须加强与其他产业的联结和融合，要扩大产业链条，增加附加值，实现生产性、生活性、生态性融合一体。

与此同时，要充分认识都市农业在新农村建设中的重要现实意义。都市农业是我国发达城市地区的农业类型，相对于其他地区，更有基础、有条件在"以工促农、以城带乡"方面起到示范带头的作用。都市农业不仅是城乡经济的一体化，也要求城乡社会各项事业的一体化，涵盖了方方面面。发展都市农业有利于强化城市主体的辐射带动作用，促进城乡各种要素的双向流动，优势互补，实现资源共享和合理配置，缩小城乡差别，实现城乡经济社会的和谐发展，使城乡共享现代文明。

要充分认识都市农业具有显著的公共物品的特征。无论是从都市农业生产经营的成果来看，还是从都市农业的功能来看，都不仅仅局限于向城市提供单一的食品，而是提供集生产、生活、生态为一体的复合性产品和服务。与一般农业相比，都市农业是一种较为纯粹的公共物品，具备了效用的不可分割性、消费的非竞争性和受益的非排他性等特征，具有巨大的外溢性。因此，应充分认识都市农业具有显著的公共物品特性，在政策、资金、人力等诸多方面，加大对都市农业的引导和扶持作用，加快构建工业反哺农业、城市支持农村的长效机制，加快都市农业的发展进程。

不能忽视都市农业是在矛盾中生存较为脆弱的产业。在充分肯定经济增长和城市发展对都市农业带来巨大益处的同时，也不能忽视城市发展对都市农业所造成的相关负面影响，如环境污染对都市农业生产的影响，改变用地功能蚕食农业区域等。因此，应将都市农业发展纳入整个城市发展的总体规划，并通过制定法律规章，切实对都市农业予以保护。

都市农业既要体现城市性，又要体现农业性。一方面，都市农业最基本的特点是城市性，没有城市的辐射和影响，就不存在都市农业。都市农业意味着城乡是融合关系，城市需要农业，农业依托城市，城乡互动、协调发展。另一方面，都市农业还要体现农业特色，突出农村生活风貌和丰富乡土文化内涵。一旦失去了"农"味，那也不是都市农业。

未来都市农业的进一步发展，有赖于政府自上而下的推动作用。比如，可以采取多种形式，宣传和推广都市农业的理念，增强政府管理层、规划部门及社会各层对其功能与作用的认识，并将其纳入城市发展政策与规划的制定之中，并通过制定地方性法规予以保障；加强政府对都市农业用地的保护力度，完善配套鼓励都市农业发展的优惠政策，抵御城市开发的压力；加强政府对都市农业基础设施建设的投入，加快建立产前、产中、产后的社会化服务体系，提高都市农业的可持续发展能力；构建都市农业投融资机制，形成政府投入为引导、全社会广泛参与的多元化都市农业产业投入新格局；积极培养都市农业各类专门人才队伍，加快实施绿色证书制度，逐步培养一代新型农民，提高务农人员的整体素质。

（刊于 2013 年 4 月 13 日《解放日报》）

未来中国：谁来种田，怎样种田？

从长远计，中国已经到了必须回答好"未来中国，谁来种田，怎样种田"这一重大战略性议题的时刻。这也是今天之所以充分关注和研究家庭农场实践能给我们以怎样启示的重要原因。

事实上，"家庭农场"非中国首创。作为农业的微观组织形式，家庭农场在欧美等发达国家已有数百年的发展历史。美国的农业以家庭农场为主，约占各类农场总数的87%，合伙农场占10%，公司农场占3%。由于许多合伙农场和公司农场也以家庭农场为依托，因此可以说，美国的农场几乎都是家庭农场，美国的农业是在农户家庭经营的基础上进行的。

在法国，中小农场占很大比重，专业化程度很高。按照经营内容，大体可分为畜牧农场、谷物农场、水果农场、蔬菜农场等。近年来，法国的家庭农场出现了以兼并的形式不断扩大规模的现象。法国政府对农业的补贴逐步向大型家庭农场集中，58%的中型家庭农场每年可获取3万欧元左右的补贴，而大型家庭农场每年可获5万至10万欧元的补贴。

日本国土狭小，农地面积有限，且有逐年减少的趋势。在此背景下，日本政府致力于土地制度的改革，逐渐形成了农地私有为主、小规模家庭占有、合作化经营、社会化服务的农业经营体制。自耕农和个体农民成为日本农业的主要成员，广泛实行专业化集约经营的"高品质小型家庭农场模式"。为了解决劳动力不足的问题，日本鼓励农地所有权和使用权的分离。为此，政府连续出台了农地改革与调整的法律法规，鼓励农田租赁和作业委托等形式的协作生产。

在中国，"家庭农场"一词在 2008 年首次写入中央文件：党的十七届三中全会所作的决定提出，"有条件的地方可以发展专业大户、家庭农场、农民专业合作社等规模经营主体"，并提出要实现两个转变。一是家庭经营要向采取先进科技和生产手段的方向转变；二是统一经营要向发展农户联合与合作，形成多元化、多层次、多形式经营服务体系的方向转变。

国情：中国农业必循的基础

那么，该如何理解中央文件中的"家庭农场"？它与国外的"家庭农场"经验有何差别？要想准确把握家庭农场的基本特征，既要借鉴国外家庭农场的一般特性，又要契合我国国情和农情。

中国人多地少，很难在短时期内实现像南北美洲和澳大利亚那样一个农户经营几万亩土地的规模。如果只站在农业效益看问题，当然越大越好。在美国、加拿大、巴西、阿根廷，两三万亩耕地的家庭农场有的是，但这是他们的国情。从我国的国情来看，不仅要考虑农业技术、农业效率，更要考虑社会公平正义。

2013 年，中央一号文件进一步把家庭农场明确为新型农业经营主体的重要形式，鼓励和支持土地流入、加大奖励和培训力度等措施，扶持家庭农场发展。农业部则对家庭农场的内涵作了界定，"家庭农场是指以家庭成员为主要劳动力，从事农业规模化、集约化、商品化生产经营，并以农业为主要收入来源的新型农业经营主体"。在这样的背景下，我国的家庭农场大致应有三个内涵：

第一，以"家庭"为生产经营单位。相对于专业大户、合作社和龙头企业等其他新型经营主体，家庭农场最鲜明的特征，是以家庭成员为主要劳动力，以家庭为基本核算单位。

家庭农场在生产作业、要素投入、产品销售、成本核算、收益分配等环节，都以家庭为基本单位，继承和体现了家庭经营产权清晰、目标一致、决策迅速、劳动成本低等诸多优势。家庭成员劳动力可以是户籍意义上的核心家庭成员。家庭农场不排斥雇工，但雇工一般不超过家庭务农劳动力数量，主要为农忙时的临时性雇工。

第二，以"农"为主业。家庭农场以提供商品性农产品为目的开展专业化生产。这使其区别于自给自足、小而全的农户和从事非农产业为主的兼业农户。家庭农场的专业化生产程度和农产品商品率较高，主要从事种植业、养殖业生产，实行一业为主或种养结合的农业生产模式，满足市场需求、获得市场认可，是其生存和发展的基础。家庭成员可能会在农闲时外出打工，但其主要劳动场所在农场，以农业生产经营为主要收入来源。这使其区别于以非农收入为主的兼业农户。他们将是新时期职业农民的主要构成部分。

第三，以适度规模经营为基础。家庭农场的种植或养殖经营必须要达到一定的规模，这是家庭农场区别于传统小农户的重要标志。

结合我国农业资源禀赋和发展实际，家庭农场的经营规模并非越大越好。那么，何为"适度"？应主要体现在：经营规模应与家庭成员的劳动能力相匹配，确保既充分发挥全体成员的潜力，又避免因雇工过多而降低劳动生产效率；要与能取得的相对体面的收入相匹配，即家庭农场人均收入要达到甚至超过当地城镇居民的收入水平。当然，这种"适度"因从事行业、种植品种等不同而有所差异。随着农业生产技术和农业机械的改善，适宜家庭农场经营的"适度"也会随之变化和提高。

6年来，上海松江家庭农场以农户为经营主体，在不违反现行农地制度和按照依法、自愿、有偿原则的基础上，通过耕地流转，将土地、劳动力、农机等生产要素适当集中，实现集约化经营、专业化生产，大大提高了粮食生产的专业化、标准化、集约化水平。目前，松江的经验和做法正在上海郊区推广。金山、奉贤、青浦、浦东等区在粮食生产方面，积极发展家庭农场；在蔬菜等鲜活农产品生产方面，则发展"农民专业合作社"或"农民专业合作社＋家庭农场"等多种经营形式。

核心：培育新型农业经营主体

为何说，家庭农场实践，是创新农业经营主体的有益探索？

首先，家庭农场是继农业企业、农民专业合作社之后的又一种新型农业组织形式。

家庭农场的农户作为新型经营主体，实行的体制是家庭承包，经营的是本集体经济组织的土地。家庭农场是家庭经营的升级版。家庭农场将土地的承包权和经营权进行分离，这是农业生产特别是粮食生产的重大改革，也是提高农业组织化的一种有效途径。

其次，它既符合现代农业发展方向，也为发展都市现代农业提供了有益实践。现已开展的家庭农场实践，虽然仍保留了土地承包经营制度下的生产方式，但与原承包给一家一户时的生产方式有了质的区别。相较之下，家庭农场更具有现代农业的特征、内涵和性质。

再则，家庭农场正从某种程度上探索解决了农业后继无人的问题，促进了农民和农村的现代化。

随着家庭农场效益的不断体现，在松江浦南地区已经出现了第二代农民。原来外出打工的农民，现在已经承担起父辈农业生产的责任，从原来的企业里返回所在的农村进行务农。换言之，家庭农场的诞生，孕育了"农二代"这个富有生命力的新型农业经营主体，真正为解答我国农业现代化发展的重大课题"未来谁来种田？怎样种田？"开了窍、破了题。

以上海松江家庭农场为例。目前松江家庭农场经营者的年龄以46—55岁这个年龄段为主体，比面上农业生产经营者平均年轻5岁。职业化、科学化、专业化的种植方式和技术，则有效地保护了农田环境和土地资源，也有利于控制大城市流动人口过快无序增长，改善了农村地区的生活工作环境，也为加快实现农民和农村现代化探索出一条有效途径。

综合全国各地的成功典型来看，家庭农场发展应该具有以下几个方面必备的条件：

农村劳动力转移是前提。当前，农村本地户籍人口到城市（镇）居住的比例增加。这为缓解人口对农地的长期压力，分离土地承包权与经营权，扩大农业从业者的耕地适度经营规模，提高务农者的土地经营收入，都创造了前提条件。

农业机械化程度是关键。近年来，全国各地的农业机械化程度有所提升，使拥有2至3个劳动力的家庭农户依靠自身劳动就能耕作规模成片农田。这使推行适度规模的家庭农场经营成为可能。

农业社会化服务体系是保障。家庭农场发展，离不开农业社会化服务体系的全程服务。围绕家庭农场的生产服务需求，形成产前、产中、产后的社会化服务体系。

土地有序规范流转是基础。创办家庭农场的重要基础，是实现农村土地使用权的规范流转。例如，吉林延边近年来已有15万农民出国打工，农民都愿意将土地有序地流转出来发展家庭农场，从而为家庭农场发展创造了条件。

探路：厘清概念力避误区

目前我国各地发展家庭农场的积极性很高，但一些地方盲目追求家庭农场的数量，有的地方甚至出现一个经营主体同时挂家庭农场、合作社、农业企业、技术协会四块牌子的情况。这些倾向如果得不到及时纠正，可能会使家庭农场等新型农业经营主体的培育步入误区，偏离健康发展的轨道。这提示我们，在探索前路、积累经验的过程中，一定要注意厘清家庭农场的概念，在认识上力避各种误区。

比如，如何认识家庭农场经营者的资格限制？

不少人认为，从保护农民就业机会的角度来看，应当将家庭农场经营者限定为农业户籍人口；也有人认为，随着户籍制度的改革，强化农业户籍是否合适；还有人提出，可以把家庭农场经营者限定为具有土地承包经营权的自然人；还有的人认为，要吸引涉农的大中专毕业生和城市居民投资兴办家庭农场，不应该设定资格的限制。

从长远讲，应当以职业而非户籍为标准来确认家庭农场经营者。但考虑到我国农村居民数量庞大，二、三产业吸纳劳动力有限等现实情况，在当前和今后相当长的一个时期，我们认为，应该明确家庭农场经营者应具备农业户籍或农村集体经济组织成员资格。而城市的工商资本或居民到农村兴办家庭农场，不应认定为家庭农场，不应该和家庭农场享有同等待遇的扶持政策。

如何认识家庭农场与专业大户的本质区别？

专业大户涵盖的经营者身份比较宽泛，可以是农民，也可以是其他身份，而家庭农场经营者的身份较为清晰，即为农民家庭成员；专业大户涵盖运销大户、农机大户等，而家庭农场生产经营领域较为明确，即为种养业；专业大户对雇工多少没有限制，有的大户自己不种地，生产过程依靠雇工，而家庭农场则以家庭成员为主，雇工为辅；专业大户主要从事某一行业、某一环节的专业经营，而家庭农场更多实行农业综合经营，种养结合。因此，在一些劳动力转移程度较高，二三产业发达的地方，可以考虑更多地把发展家庭农场作为主要方向。

如何认识家庭农场经营规模的上限和下限？

对粮食家庭农场经营规模的上限是否需要设定，各地意见不太统一。但总的意见是，粮食家庭农场还是应该设定一个上限，设定上限标准的权限在地方。

对粮食家庭农场经营规模的下限，由于全国各地经营的行业、产品不一致，需要因地制宜地去设定。目前，农业部综合全国各地生产经营情况，对粮食家庭农场设定了一个下限建议标准。根据一年一收制和一年两收制分别进行设定，一年一收制的至少是100亩，一年两收制至少是50亩。

如何认识家庭农场的认定和管理工作？

一些地方提出了是否要对家庭农场进行工商注册登记的问

题。其好处，是方便市场运营、品牌创建、贷款获取等。但也有人认为，家庭农场注册登记后，有的地方可能会借机对其征税或收费。事实上，家庭农场的形态可以是不进行注册登记的自然人，可以登记为承担无限责任的个体工商户，也可以登记为承担有限责任的公司。

目前，应该倡导对家庭农场进行初始认定工作，由基层农业部门来认定。各级农业部门要明确认定标准，主要包括经营者资格、劳动力结构、收入构成、经营规模、土地流转期限、管理水平等。当然，家庭农场业主可在自愿的基础上，到工商部门办理登记，申领营业执照，依法取得相应市场主体地位。

如何激发农民积极性

党的十八届三中全会提出，"坚持家庭经营在农业中的基础性地位，推进家庭经营、集体经营、合作经营、企业经营等共同发展的农业经营方式创新"、"鼓励承包经营权在公开市场上向专业大户、家庭农场、农民合作社、农业企业流转，发展多种形式规模经营"。这是一个重大论断和理论创新，为完善农村基本经营制度、加快构建新型农业经营体系指出了明确方向。

有专家指出，未来我国现代农业发展大致有几种基本模式：大宗作物的生产，适合家庭农场适度规模经营＋社会化服务的模式；鲜活农产品、高附加值的经济作物的生产，主要以发展农民专业合作社为主；工厂化生产、投资较大的规模化养殖和标准化设施农业，主要以农业龙头企业经营为主。当然，还有其他经营形式，但这三类可以说是未来现代农业发展的主体模式。

秤砣虽小压千斤。各级政府应把发展农业放在突出位置：不能因为大市场、大流通而忽视农产品供给；不能因农业比重小而轻视农业；不能因农业比较效益低而放弃农业。尤其值得重视的是，如何把发展家庭农场与推动农业深化改革结合起来，真正激发农民从事农业的积极性。

根据我们的研究，目前阶段要激发农民积极性，可以有以下几个着力点：

创新农村土地制度，稳定农民土地预期，促进土地流转关系保持稳定。

以发展家庭农场为例，保障原土地承包权人利益是前提，实行土地承包权与经营权分离是基础。应进一步研究、完善土地承包权和经营权可分离的政策和法律，在保障土地承包权的同时，对土地经营权实行合法保护。在《中华人民共和国农村土地承包法》修订时可以考虑增加相关条文。同时，通过完善法律法规，对农民土地承包权实行物权保护，彻底消除农民对土地经营权流转的担心和顾虑，并辅以社会保障、非农就业、流转收益等方面的支持措施。让不愿意种地的农民长期稳定地流转出土地承包经营权。

强化重点环节农业生产性服务，解决家庭农场干不了或干不好的事情。

对此，政府应统筹谋划，鼓励各类合作社、专业公司、公共服务机构等组织为家庭农场提供技术推广、农资配送、机械作业、统防统治、抗旱排涝、信息服务、产品销售等专业化服务。

当前和今后一个时期是深化农业农村改革、加快农业现代化建设的关键时期，迫切需要在农业农村经济体制改革的关键领域和关键环节取得进展。各地发展家庭农场的实践和探索已经在进行各种有益尝试。创新之路，蜿蜒曲折，但通过努力，就可能创造出新的更好的可能性。

（刊于 2014 年 2 月 10 日《解放日报》）

农村产权改革：一场静悄悄的革命

在深化改革的大背景下，如何创新农村集体经济有效实现形式，直接关系到广大农民的切身利益，关系农村基本经济经营制度的发展方向和农村社会治理体系的现代化，也关系到国家的战略全局。不少学者专家认为，农村产权制度改革，是继家庭联产承包责任制后中国农村的又一重大改革，是一场静悄悄的革命。

资产变股权、农民当股东

改革农村集体产权制度，首先要搞清楚什么是农村集体经济。从理论上讲，集体经济是集体成员利用共有资源和资产，通过合作与联合实现共同发展的一种经济形态。我国农村集体经济，有明确的宪法地位，与其他经济成分比，有三个基本特征。

首先，农村集体经济具有鲜明的中国特色。它既不同于马克思恩格斯经典理论中所提的集体经济，也不同于苏联的集体农庄经济，是我们在实践中不断探索、创造出来的。一些农业专家概括为"三个性"：一是合作性（共有性），集体资产由组织成员共同所有，资产收益和劳动成果归成员共同分享，权利义务均等。二是区域性（封闭性），集体经济组织是指界定在一定区域范围内，集体经济组织与成员不可分割，成员是封闭的圈子，权利义务"进"则"与生俱来"，"退"则"自然弃失"，不对外开放。三是排他性，尽管集体经济组织的层次不尽一样，小到村组，大到乡镇，但每个集体经济组织的资产、成员边界是清晰的，上下左右不能侵权。

其次，农村集体经济是社会主义公有制在农村的具体体现。农村集体经济实行土地等生产资料成员集体所有，家庭经营与集体统一经营相结合，本质是农民的合作与联合，是社会主义公有制经济在农村的重要体现。

第三，农村集体经济实现形式丰富多样、与时俱进。从我国农村实践看，由个人所有前提下的互助合作经营，到个人财产全部上交集体的"一大二公"体制，再到改革开放后实行的统分结合的双层经营，农村集体经济在不同时期有不同的实现形式，具有旺盛的生命力和很大的包容性。

这种农村集体产权制度虽然有利于保障农民平等享有集体经济成果，对维护农村社会公平发挥了积极作用，但也存在传统公有产权的通病。

一是归属不清。集体经济组织成员是个集合概念、动态概念。集体成员人人有份，但有多少、在哪里说不清楚，是个玻璃鱼缸，"看得见、摸不着"。有些村庄外来人口大量增加，原来一体化的村庄社区与集体经济组织日趋分离，新村民是不是集体经济组织成员、能不能分享集体经济好处成为问题，新老村民的矛盾加剧。

二是权责不明。在绝大多数地方集体经济组织与村社自治组织合二为一，村干部成为集体资产运营管理的自然"代理人"，集体经济常常成为"干部经济"。

三是保护不力。农村集体资产监管是个老大难问题。一些村干部把集体资产看作"唐僧肉"，导致集体资产流失，带来干群矛盾，也成为农民信访的一大热点。

四是流转不畅。农村集体产权归属模糊，资产处置在村里事难议、议难成，有好的开发机会往往错失良机。

改变这种状况，解决这些难题，出路唯有改革。中国农村产权制度改革最早始于 20 世纪 90 年代经济发达地区。进入 21 世纪特别是 10 年代后，随着工业化和城镇化进程的明显加快，各地加大了改革的力度，明确集体资产的产权归属，改变集体资产名义上"人人有份"、实际上"人人无份"的状态，真正做到"资产变股权、农民当股东"，农民开始分享现代化的成果。

据农业部统计，截至 2013 年底，全国已有 2.8 万个村和 5 万个组完成改革，量化资产 4362.2 亿元，累计股金分红 1563.2 亿元，2013 年当年分红 291.5 亿元。按省分析，上海、北京、广东、江苏和浙江 5 省（市）完成改制的村占全国完成改制村数的 80% 左右。

从各地的实践看，改制的主要做法是将农村集体经济组织的经营性实物资产和货币资产，经过清产核资和评估以后，按照劳动年限折成股份量化给本集体经济组织成员，同时提取一定比例的公益金和公积金（集体股），主要用于村委会或社区公共管理和村民公共福利事业支出，并实行按劳分配与按股分红。

一潭春水被一颗石子所打破，泛起了阵阵涟漪，这场静悄悄的革命引发了诸多根本性变化。

在制度成效方面：明晰了每个村民在农村集体经济组织中的产权份额，集体资产由共同共有变为按份共有，产权制度发生了根本变化；建立了农村集体经济组织成员按股份（份额）分红的制度，保障了集体经济组织成员的集体资产收益权；改制村普遍建立了权力制衡机制，农民群众成为集体经济组织的投资主体、决策主体和受益主体，农村集体经济组织的治理结构发生了根本变化。

在经济成效方面：通过改制，为新型农村集体经济组织发展创造了良好的环境。通过改制，集体资产产权得以明晰，建立起农民增收的长效机制。以上海为例，2013年，全市237家村级改制集体经济组织中，有89家进行了收益分红，比上年增加了28家；年分红总额5.38亿元，比上年增加了1.12亿元；人均分红3042元。全国农村改革试验区闵行区城乡居民可支配收入比由2010年的1.53：1缩小到2013年的1.48：1，财产性收入在农民可支配收入中的占比由2010年的17.1%上升到2013年的18.3%。

在社会成效方面：通过"还权于民"式的产权制度改革，有效解决了长期存在的因土地征占、资产处置、财务管理和收益分配等问题引发的社会矛盾，维护了城镇化快速发展地区的社会稳定。

正是基于集体经济的基本特性，深化农村集体产权制度改革已经成为破解农村众多矛盾问题的"关节点"，成为全面深化农村改革的"牛鼻子"。

守住集体所有制的底线

总结各地经验，当前和今后一个时期，中国农村产权制度改革要以保护农村集体经济组织及其成员的合法权益为核心，以创新农村集体经济组织产权制度改革形式为手段，以建立农村集体资产、资金和资源运营管理新机制为要求，建立"归属清晰、权责明确、保护严格、流转顺畅"的农村集体经济组织产权制度，赋予农民更多的财产权利。

归属清晰就是明确农村集体资产的产权归谁所有，也就是要明确改革的组织层级、集体资产的范围、集体成员的身份；权责明确就是确定成员的权利和责任，既要明确成员对集体资产股份占有、收益、有偿退出及抵押、担保、继承权等经济权益，又要明确集体成员行使对资产的决策、监督等民主管理权利；保护严格就是依法保护农村集体经济组织及其成员的合法产权，使农民的合法权利不受侵害；流转顺畅就是促进农村集体资产有序进入流转交易市场，实现平等交换。

需要强调的是，推进改革不是一分了之、吃集体经济的

"散伙饭"。推进改革就要守住集体所有制的底线，不能把集体经济改弱了、改小了、改垮了；守住保护农民利益的底线，不能把农民的财产权利改虚了、改少了、改没了。改革既要调动农民的积极性，又要体现农村集体经济的优越性。农村产权制度改革不是要完全走公司化改制的路子，而是从农村实际出发，发展股份合作等多种联合与合作，丰富农村集体经济的实现形式。

在推进改革过程中，必须守住"一个坚持、二个防止、三个做到、四个有利于"的底线，即：坚持集体资产所有权，这是中国特色社会主义在农村的本质特征，必须长期坚守；防止在改革中少数人对集体经济的控制和占用、防止集体经济被社会资本所吞噬；做到公平公正、公开透明、程序严密；有利于城乡要素资源均衡配置和平等交换，有利于激活农村资源要素和激发农村集体经济活力，有利于保护农民财产权利，有利于形成农业经济发展和农村社会稳定的内生动力。

在此基础上，遵循以下原则：一是依法依规。推进农村产权制度改革应遵循《物权法》《土地管理法》《农村土地承包法》《婚姻法》《继承法》等法律的相关规定，以及地方性法规和指导性意见的相关规定，同时要注意兼顾不同法律、政策之间的兼容性和关联性。在改革过程中，各改制单位始终坚持改革必须依法依规，有政策的按政策要求办，没有政策依据的，由村民集体经济组织成员代表大会讨论通过。二是因地制宜。面对千差万别、参差不齐的农村经济和社会发展情况，推进农村产权制度改革不能搞"一刀切"，实践中，各地应依据经济社会发展情况，因地制宜地选择符合自身实际的改革形式和路径。三是因事制宜。推进农村产权制度改革可按照"一村一策""一事一策"的办法，将权利交给村民自己，通过合法性、公开性、民主性相结合，做到"复杂问题民主化、民主问题程序化"。四是维护利益。在推进产权制度改革过程中，不仅要给群众看得见、摸得着的眼前实惠，更要考虑长远，注重从根本上为农民谋福利。围绕保护农村集体经济组织成员利益，一方面要更加注重体制和机制的创新，构建农民增收长效机制；另一方面要更加保护和激发农民群众的创新热情和创造能力，保持推动改革发展的强大活力。

因地制宜选择改革形式

农村产权制度改革，要突出重点，分类推进。

关于农村集体资产量化范围问题。农村集体资产的量化，是对被认定为属于现有集体经济组织成员的共有资产，按照一定标准、采取股份的形式在本集体经济组织成员之间明晰产权的过程。因此，农村集体经济组织产权制度改革不能突破原有集体经济组织的范围，这是推进改革、制定政策的底线。目前，各地对于集体资产量化范围的认识还不尽相同。当前应将集体资产量化的重点放在非资源性集体资产资金，其理由是土地等资源性资产的价值一时难以评估，价值尚未显现，因而可以不量化，但集体经济组织因土地被征收而获得的土地补偿费和因集体资产置换增值而增加的收益，则应及时足额予以追加，以保障集体经济组织成员的集体收益分配权。当然，如果农村基层干部、农村集体经济组织成员一致要求对土地等资源性资产进行量化，则应允许农村基层组织进行探索。当前，对土地等资源性资产，重点要做好确权登记颁证；对非经营性资产，重点是探索有利于提高公共服务能力的集体统一运营管理的有效机制；而经营性资产，则是推进产权制度改革的主战场。

关于农村集体经济组织成员资格认定问题。目前农村集体经济组织成员身份的认定无法可依，多数处于乡村自我管理的状态，受当地乡规民约、传统观念和历史习惯等因素影响较大，"乡土"色彩较浓。在具体实践中，各地对农村集体经济组织成员身份的认定方法各不相同。对这一问题，各地可根据实际情况出台规范性文件，规定认定标准，制定操作细则。总体考量是：农村集体经济组织成员资格应基于由该组织较为固定的成员所组成的具有延续性的共同体，其成员原则上应该在该组织所在地长期固定地生产、生活，形成事实上与该组织的权利义务关系及管理关系，并结合是否具有依法登记的该组织所在地常住户口来认定。在此大前提下，对一些特殊或者疑难问题，可充分尊重农村集体经济组织的自主权。在具体操作过程中，可把握以下几个关键：一是涵盖不同群体；二是权利义务对等；三是防止政策"翻烧饼"；四是坚持程序公开；五是杜绝侵犯权益。

对改制过程中是否设置集体股，目前大部分地方都主张不设集体股，主要是因为如果改制时保留集体股，随着城镇化进程的急剧推进，集体积累逐渐增加，会再次出现集体股权属关系不清晰的问题，需要进行二次改制；集体股在集体经济组织变更或重组时还将面临再分配、再确权的问题，极易产生新的矛盾。因此，上海、江苏、浙江等地在改制时原则上不提倡设置集体股。对于城镇化进程较快、已实现"村改居"的地方，应明确不设置集体股，其日常公共事业支出，可以通过在集体收益分配中提取公积金、公益金的方式来解决，其具体比例或数额由改制后的新型农村集体经济组织成员（代表）会议在讨论年度预决算时决定。未撤制的村（镇）可设立一定比例的集体股，主要用于公益事业等开支，原则上集体股按总股本的20%左右掌握。

关于改制形式问题。各地主要采取了三种形式：一是有限责任公司，二是社区股份合作社，三是经济合作社。这三种形式中，有限责任公司是按照《公司法》进行工商登记的公司法人，但其股东只能在50人以下，与乡镇、村集体经济组织成员成千上万的特点不相适应，因此，改制的农村集体经济组织只能采取隐性股东的做法，大部分集体经济组织成员的权利难以得到法律的认可和保护。社区股份合作社在工商部门登记的，主要是参照《农民专业合作社法》登记的法人，它有效解决了股东人数限制的问题，但由于社区股份合作社是较特殊的法人，对它没有专门的税收、财务制度，因此，在税收、财务方面所执行的是适用于公司法人的相关制度，在运营中社区股份合作社要缴纳各项税赋，税费负担较重。无论是有限责任公司还是社区股份合作社，它们都对股东（集体经济组织成员）进行收益分配，而股东都要缴纳20%的红利税（个人所得税），这在很大程度上增加了新型农村集体经济组织的负担，影响了改制的积极性。经济合作社是一种组织创新，由县级以上人民政府颁发证明书，并可凭此证明书申领组织机构代码证，到金融机关开设账户，建立会计制度，实行收益分配制度。但是，经济合作社不是法人主体，这在一定程度上影响了经济合作社的持续发展。

这三种形式，各改革的村（镇）可依据经济社会发展情况，因地制宜地作出选择。近郊等经济发展水平较高以及撤村改制的主要宜采取具有法人地位的有限责任公司和社区股份合作社的改革形式。中远郊经济发展水平较一般以及未撤村改制的主要可采取经济合作社这一改革形式。因为这些集体经济组织目前重点是要健全治理结构和加强监督机制，并逐步发展壮大经济。如果今后发展水平提高了，也可以探索建立其他形式的市场主体。

（刊于 2015 年 2 月 14 日《解放日报》）

大都市的肺、胃和肾

大都市有肺、胃和肾吗？回答是肯定的。

我在上海农业部门工作，常会被人问起，上海这样的国际大都市还有农业吗？与鲜活光亮的大城市相比，是不是可以消灭农业消灭农村了？

由此，我想起也曾回答过这样一个趣味问题：世界人口越来越多，耕地面积越来越少，未来吃什么？未来食物从何而来？大家的答案各有千秋。其中的一个答案很新奇：发展垂直农业（这在今年米兰世博会美国馆里已变为现实）。有科学家称，至 2050 年，全世界的垂直农业可养活 100 亿人口。垂直农业其实就是"摩天楼农业"。美国哥伦比亚大学教授德斯波米尔从 1999 年开始就在研究摩天楼农业的方案。他估计，一幢 30 层的垂直农庄可养活 5 万人。垂直农业采用循环系统，水、能源和土地的用量都很省，单位面积的产量均高于"水平农业"，如草莓的生产率是"水平农业"的 30 倍。有鉴于此，目前美国正在实施蜻蜓计划，让传统意义上的农场由横向变成纵向，也就是说把粮食种在摩天大楼里，往高处发展。

在日本，则是屋顶农业走俏。金秋时节，寸土寸金的东京六本木新城屋顶庭园内种植的水稻喜获丰收。从 2003 年以来，这里每年都要举行插秧和收割活动，六本木新城的工作人员和周围的居民都会踊跃报名参加，经过抽选，一般每年有120多名幸运者参加收割水稻，其中有50多名儿童。在东京，除了六本木新城外，很多高楼和车站的屋顶都得以利用，建设屋顶农园，种植蔬菜和花卉等，有的银行大楼屋顶还由小学生承包管理。这些屋顶农园既让儿童亲近了大自然，也利用有限空间增加了城市绿色，为减轻城市热岛效应，建设生态社会作出了贡献。媒体评论，五年前最酷的事情是做银行家，但是现在最酷的是当屋顶农民。

无独有偶。2011年，应美国纽约当地一所高中的学生请求，炮台公园管理部门携手全美大型健康食物连锁企业"全食超市"在世界金融中心高楼林立的曼哈顿岛南端炮台公园开辟了几百平方米的教育示范型菜地。看到在摩天楼群南边向着阳光快乐生长的小萝卜、圆白菜、茄子等，很多人不禁感叹：原来在世界经济的心脏，还为生态农业留着这一小片空间。

中国有句古语，过日子应未雨绸缪。我还记得2010年上海世博会中国船舶馆的漂移农场船。漂移农场船总长330米、宽60米，分为上下4层。作为海上航行城市的主要食品生产和供给基地，漂移农场船无疑是个新概念。试想在一望无际的海面上，长期生活在海上的人们何以如此悠闲安逸？答案是因为在船上有了一个现代农场，农场里各类农作物长势喜人，稻浪与海浪浑然一体，而温室作物区则拥有智能化操控系统，可以随心所欲地编排生产出绿油油的生菜和白嫩嫩的萝卜。素的有了，还有荤的。在船上还建了个孵化室，电脑控制环境条件下，鸡蛋很快被孵化成小鸡，小鸡则长成肉鸡。漂移农场船包含了海水淡化、蔬菜水果种植、家禽家畜养殖、食物生产加工以及农作物循环综合利用等多种功能，保证居民身处海上也能吃到鲜活农产品。在地球耕地资源日趋减少的大背景下，创制出这样的漂移农场船，这是一种极富有想象力的创新。

蜻蜓计划在有条不紊地实施，屋顶农田在城市上空展露风采，漂移农场船在茫茫大海上航行——奇妙的创意、新颖的理念为我们的未来带来新鲜而丰富的农产品。上述事例都在诠释一个道理：农业是生命产业，是不可忽视、不可替代和不可或缺的。在快速城市化、工业化进程中，尽管农业在国民经济中的比重会逐渐降低，但农业地位是不可动摇的，消灭农业消灭农村显然是荒谬的。我国城市一般是"摊大饼"式发展，在城区内绝少有农业用地的存在。面对城市化、工业化进程的日益加快，北京市明确提出重新审视都市农业的功能地位。江苏省提出农业的陀螺理论，认为没有农业，其他产业转不起来。上海对都市农业则有一个十分形象的比喻：秤砣虽小压千斤，明确都市农业具有明显的多功能性，除了向人类提供更多、更好的特定产品以满足不断增长的基本需求外，还承担诸如其他日益增多和不断扩大的经济、社会、生态功能。大家形象地比喻为都市农业既有"胃"的功能（保障鲜活农产品应急供应），还有"肺"的功能（改善环境、旅游休闲），更有"肾"的功能（城市生态屏障），而农业的这些功能大多是无偿向全社会提供的。

　　城市需要农业，农业依托城市。今天，来自全国各地的专家集聚崇明，就都市农业的发展现状、功能发挥、模式途径和未来趋势各抒己见。在充分肯定经济增长和城市发展对都市农业带来巨大益处时，我们不能忽视都市农业无时无刻地遭受着相关负面影响，如环境污染对都市农业的影响、改变用地功能带来"暴富"的诱惑等，都市农业面临的困境颇多。因此，应将都市农业发展纳入整个城市发展的总体规划，并通过制定法律规章，切实对都市农业予以保护。同时，都市农业既要体现城市性，又要体现农业性。一方面，都市农业最基本的特点是城市性，没有城市的辐射和影响，就不存在都市农业。另一方面，都市农业还要体现农业特色，突出农村生活风貌和丰富乡土文化内涵。一旦失去了"农"味，那也不是都市农业。都市农业是一项复杂而系统的工程，单靠农业自身是难以实现的，必须靠全社会的共同努力。

（刊于 2015 年 9 月 17 日《新民晚报》）

农民生活芝麻开花节节高

农历新年前，上海农家的钱袋子又增加了不少票子。闵行区有经济收益的镇、村集体经济组织，通过改革释放"红利"，或多或少将为社员（股民）送上一个红包。作为全国农村改革试验区的闵行区，全区已改制的 130 多个村约有 30 万农民变成股民。据统计，闵行区农民收入中，每五元就有一元来自财产性收入。目前闵行区是全国城乡居民收入差距最小的地区之一，改革促增收、改革促发展、改革保稳定的效应逐渐凸现。

来自市统计部门信息显示，2015 年，上海农村常住居民人均可支配收入达 23205 元，比上年增长 9.5%。农民收入增长速度实现"两个高于"：高于国民经济增速，高于城镇居民增速。有关数据显示，"十二五"期间上海农民收入可谓芝麻开花节节高，由五年前的 13746 元增长了近一万元，年均保持了 10% 的增幅，城乡居民收入差距由 2010 年的 2.32∶1 缩小到 2015 年的 2.15∶1。农民人均可支配收入水平保持全国首位，城乡居民收入差距在各省市中为最小。

惠农方针的阳光普照大地，支农政策的雨露滋润禾苗。毋庸置疑，上海农民在全国最早成为幸福的"四金"农民：非农就业有"薪金"，承包地流转（不动产出租）有"租金"，产权制度改革有"股金"，社会保障还有"保障金"。

在看到这些喜人成绩的同时，也必须清醒地认识到，上海农民收入区域性差异还不小，不平衡现象始终存在，因此，在"十三五"期间，如何做好加减乘除法，确保农民持续增收是"三农"工作的中心环节，是统筹城乡发展的主要标志，也是缩小城乡差别的物质基础。

所谓加法，就是对农业农村的投入只能做加法。"十三五"期间，公共资源的配置，财政的钱要更多投向农业农村。在财政预算中把农业作为重点来安排，建立各级财政农业投入稳定增长机制。对已经发放给农民的补贴应保持稳定，体现农业补贴政策的连续性和稳定性。要更多运用"绿箱"支持，加大在农业投入品、农业灾害救助、生态资源保护、农民培训等方面的补贴力度。新增补贴重点向新型农业经营主体等倾斜，加快完善农业生态补偿制度。财政支持的基础设施和社会事业发展，重点在农村。要集中力量补齐农田水利、农业环境治理和生态修复、农村基础设施和农村公共服务这些短板。补短板需要花钱，这个钱要舍得花。

所谓减法，就是降低成本，把过量使用的农药、化肥等农业投入品尽快减下来，把超过农业资源环境承载能力的生产切实退出来，通过发展适度规模经营、提高农业机械化程度等，降低农业生产成本，提高农业效益和农产品竞争力。进一步推广蔬菜、瓜果等经济作物水肥一体化技术，提高肥料利用效率，减少化肥流失。进一步健全农作物病虫害预测预报体系，推动农作物病虫害统防统治工作，推广应用高效低毒低残留农药。进一步开展绿色防控技术示范，减少农药使用量。到 2020 年，化肥农药亩均用量分别降至 24 公斤和 1 公斤以下，确保市民"舌尖上的安全"。

所谓乘法，就是推进农村改革增加活力。新常态下推进现代农业发展，根本动力是改革创新。核心是通过改革激发经营主体的创造力，大大释放农村改革的红利。重点打好三张改革牌：改革土地制度，坚持农村土地集体所有权、稳定农户家庭承包权、放活土地经营权，引导土地经营权有序流转；改革经营制度，坚持和完善农村基本经营制度，坚持农民家庭经营主体地位，培育新型农业经营主体，发展多种形式适度规模经营，促进家庭经营、集体经营、合作经营、企业经营共同发展；改革产权制度，对土地等资源性资产、非经营性资产、经营性资产全面进行改革，将资产变成资本，增加农民财产性收入，像闵行区农民那样每年有个红包。

所谓除法，就是转移农民，减少农民，保障农民，提升农民，富裕农民，大幅提高农业劳动生产率，努力使农业成为体面职业，从事农业的农民拥有体面收入，过上体面生活。要加大非农就业力度，转移减少农民，促进农民居民化，确保与城镇居民一样，同等享受相应的教育、卫生、文化等基本公共服务，同等享受相应的就业与社会保障政策。对从事农业这一职业的人员要加强培训，提升素质。据测算，到"十三五"末本市农业劳动力应由目前的 35 万人减少到约 20 万人。未来一个时期，上海农民收入应以台湾地区为标杆，人均经营土地面积 2 公顷，年收入 2 万美元。就像刚结束的市人代会上，韩正书记回应浦东代表团王黎娜代表建议要加大职业农民培育力度时指出的那样，上海农业要发展，核心还是要有知识的、新一代的农业工作者，而不是简单的农民。要加快培育一支与都市现代农业发展要求相适应的新型职业农民队伍。

只有这样，上海的农业，才会有未来；上海农民的收入，才能像芝麻开花节节高。

（刊于 2016 年 2 月 5 日《新民晚报》）

拓展功能，农业也将是朝阳产业

农业既有"胃"的功能（保障鲜活农产品应急供应），还有"肺"的功能（改善环境、旅游休闲），更有"肾"的功能（城市生态屏障），而农业的这些功能大多是无偿向全社会提供的。

随着其产业经济部门的属性不断弱化，农业正日益成为一个社会公共部门。从这个意义上讲，农业是一项公益产业，存在着很强的外部性，农业的贡献绝不仅仅是 GDP 的问题。

农业多功能性的今生前世

20 世纪 80 年代末 90 年代初，农业的多功能性最先出现在日本的"稻米文化"中。随后，这一概念又相继出现在《21 世纪议程》《罗马宣言和行动计划》等联合国文献中。农业的多功能性，一般是指农业部门除了生产粮食等农产品以外，还为实现其他目标作出努力，体现农业的多种社会功能。多功能性体现了农业与其他产业的不同，即农业是一个特殊的、需要保护和发展的产业，它除了确保粮食和其他农产品的供给之外，还发挥着防止洪涝灾害、涵养水源、防止土壤侵蚀和水土流失、处理有机废弃物、净化空气、提供绿色景观和自然景观以及传统文化的继承等多方面的作用。

日本农业的多功能性，表现在以下几个方面：①为都市居民提供所需的生鲜农产品。以东京、横滨等地为例，虽然农地并不多，但生产经营的农产品品种不少，其中蔬菜占74%、花卉苗木占13%、水果占7%、水稻占6%，都市农业能让市民因更多地消费到本地产的农产品而满足一种怀旧心理。②绿地的机能。调查显示，邻绿地的住宅估价高，农地因有耕种活动估价更高。③防灾及灾害发生时的疏散空间。④市民农园、学童农园等为市民接触农业提供最佳场所。通过各类农业体验活动，让市民更多地了解农业，参与农业，并把农业所具有的培育地域文化的作用，通过食教育、食文化传播，传达给广大的市民。⑤农地为未来都市发展预留空间。⑥农业在都市中属最佳职业之一，在多样化的职业中，农业是最有趣和最有活力的产业。

同时，在建设有"农"的都市理念中，农业以其重要角色及给都市带来温馨与魅力，而被称为都市的"后花园"。从现代化都市的建筑、文化、景观、公园绿地、行道树、休闲生活广场、田园等多方面的综合需要来看，没有农业的都市是缺乏生机与活力的城市。

大量实践表明，农业多功能性的发展不但可以缓解当前农业和农村经济发展中的环境问题，而且也可以带来可观的经济效益，日本应用替代成本法测算的结果显示，农业多功能性已经给日本的农区和山区、丘陵区分别带来巨大的效益。因此，农业的多功能性既是农业历史进步的结果，也是当代农业进一步发展的必然方向。目前，欧盟、日本和韩国等国，已经接受并在逐步实现农业的多功能性。

除日本外，韩国针对农业附加值较低，农民收入增长缓慢，农村人口高龄化现象严重等状况，韩国政府支持地方先后尝试了开发农家乐体验式旅游、加工制造食品、资源产业化、扩大产地直销等方法，从而形成了第六次产业化，为实现农业多功能性奠定了基础。法国也注重农业的多功能性，农村观光销售额已经达到了整体农业销售额的一半，同时也占法国整体观光旅游销售额的 20%。在国外不少地区，一些风景迷人的山村、湖区、牧场，既保留了传统农业和畜牧业，还巧妙地将农业生产、手工制作、观光旅游、体验住宿等融为一体。

农业多功能性的形态特征

随着城市化进程的不断加快，我国对农业的多功能性也越来越重视。不少专家将农业的多功能性划分为经济、社会和生态功能，也有专家认为农业的多功能性体现为"三生（生产、生活、生态）功能"，还有专家将其形象地比喻为农业既有"胃"的功能（保障鲜活农产品应急供应），还有"肺"的功能（改善环境、旅游休闲），更有"肾"的功能（城市生态屏障），而农业的这些功能大多是无偿向全社会提供的。

具体来说，农业的经济功能主要表现在：

食物保障。现代农业利用现代工业和技术，大幅度提高农业生产力水平,为城市居民提供鲜活的蔬菜、畜禽、果品及水产品。同时,现代农业大多注重对农产品进行精深加工,发展高附加值的商品生产。

原料供给。随着城市居民健康意识、环保意识的日益增强,对以农产品为原料的制成品需求呈快速增长态势。这既强化了农业对工业发展和创新的原料支撑作用,也为农业和商贸业发展开辟了新的空间。

流通增值。现代农业依托城市对外开放等优越条件,冲破地域界限,实行与国际大市场相接轨的大流通、大贸易经济格局,可以加快农副产品的流转增值,提高农业附加值。

农业的社会功能主要表现在:

就业增收。现代农业具有"社会劳动力蓄水池"和"稳定减震器"的作用。通过开发利用农业多种资源,发展农产品加工、流通及相关产业,拓宽农业产业多环节的"增收之道",进而对促进社会的稳定发展、城乡居民就业、农民增收等产生积极的作用。

旅游休闲。农业观光、休闲旅游是现代农业的重要组成部分。在都市内保留一些农地空间,既为城市增添绿色,也能为市民提供旅游休闲活动空间,增加减轻工作、生活压力的新渠道,进而达到舒畅身心、强健体魄的目的。

文化传承。亲自感受和体验农业活动,可以直接对都市人特别是青少年进行农技、农知、农情、农俗、农事教育,使农业文明得以传承和发展;还能提供机会让人们了解现代农业科技，促进城乡文化交流，培养人们对大自然及科学的热爱之情。

农业的生态功能，则主要表现在：

生态保护。现代农业通过开辟城中森林，创立公用绿地，建设环城绿带，可以建立起人与自然、都市与农业高度统一和谐的生态环境。同时，农林牧副渔综合发展，多种作物实行轮作，也符合循环型经济发展规律，有利于现代农业发挥净化环境的机能。

绿化景观。农业是城市的背景和衬托，离开它，城市就会孤单。在山区城市，体现绿化的是绿地、树林；而在平原城市，体现绿化的则是农业。如水稻田就是城市长期的、稳定的季节性湿地，是有生命的基础设施。

灾害防御。都市人口密集，建筑物多而高，一旦发生灾害，农地可用作暂时避难所。此外，农田在必要的情况下还可为城市的下一步发展预留空间。

为充分演绎农业的多功能性，找准农业多功能性的切入口，2015 年中央一号文件提出，要把产业链、价值链等现代产业组织方式引入农业，促进一二三产业融合互动。2016 年中央一号文件则明确，推动粮经饲统筹、农林牧渔结合、种养加一体、一二三产业融合发展，让农业成为充满希望的朝阳产业。

从总体看，概括起来，目前农业与二三产业融合发展有四种形式：一是农业内部产业整合型融合，比如种植与养殖相结合；二是农业产业链延伸型融合，即以农业为中心向前后链条延伸，将种子、农药、肥料供应与农业生产连接起来，或将农产品加工、销售与农产品生产连接起来，组建农业产供销一条龙；三是农业与其他产业交叉型融合，比如农业与文化、旅游业的融合；四是先进要素技术对农业的渗透型融合，比如信息技术的快速推广应用，既模糊了农业与二三产业间的边界，也大大缩短了供求双方之间的距离，这就使得网络营销、在线租赁托管等成为可能。

综上所述，与传统产品生产意义上的生产性农业相比，多功能性农业从内涵到结构都已发生重大而突出的变化。多功能性的农业作为一个全新的理念和一个崭新的农业发展模式，具有以下几方面的突出特征：

农业的发展方式发生明显变革。即现代集约化经营取代了传统增产方式，集约化经营是未来世界各国农业发展最为重要的一项内容，就是用机械化代替人力和畜力，以化肥、农药等化学物的普及应用和大量投入作为农产品产量增加的基本手段，这造成了严重的环境污染与生态破坏。而新兴的多功能农业的集约化经营，从内涵到措施都发生了重大改变，各种生物技术的应用与推广取代了化肥、农药的大量使用，缓解了农业发展的环境压力。

农业的内涵与外延出现明显变化。在内涵方面，农业生产中用于满足人们基本生活需要的各种农产品的比重在不断减少，而用于人们现代消费、工业原料或出口创汇的各种农产品生产，以及用于恢复和维系自然生态平衡、保护自然环境的农业活动的比重则明显上升。在外延方面，不仅农资供应、农产品收购、加工、贮藏、农技推广、人员培训、信息咨询等为农业生产提供直接服务的各种经济活动迅速发展，所占比重不断提高，而且休闲农业、观光农业、旅游农业等可满足居民消费需求的新型产业也迅速崛起。

与其他产品部门的融合空前紧密。推动和促进与农业关联产业（包括前关联产业、中关联产业、后关联产业）部门的更快发展，既是发展多功能性农业的出发点和重要目的，也是多功能农业发展自然延伸的必然结果。特别是近年来随着互联网的迅速普及，多功能农业也将日益凸显，农业与其他产业部门紧密结合、互进互动的一体化生产体系迅速形成。

作为社会公共部门的属性日益明显。多功能性农业的受益者首先是整个社会，其次才是农业的经营者。这就意味着农业问题不再是或不仅仅属于微观经济范畴，而是或者首先是一个宏观经济问题；随着其产业经济部门的属性不断弱化，农业正日益成为一个社会公共部门。从这个意义上讲，农业是一项公益产业，存在着很强的外部性，农业的贡献绝不仅仅是 GDP 的问题，因此它需要全民的关注，需要各方力量的扶持。

农业发展如何走向未来

随着我国大中城市人口增长，经济社会活动平面的扩张，农业人口和农业生产的地域范围正在不断地减少。发展多功能性农业是现代农业发展与进步的一个必然趋势。不同地域的农业，经过长期发展和演变，往往都代表着一个典型的文化，极其珍贵。而且经济越发展，越市场化和国际化，农业的生态功能和文化传承功能越重要。今天的人们不仅期待吃得饱，还要吃得好，吃得放心，吃得有文化，而且也越来越重视清爽空气、干净水源和美化环境的价值。人们在享受现代物质文明的时候，并没有放弃对看得见绿水、望得见青山和记得住乡愁的期待。人们对新型农业的期待，就是现代农业发展的动力和机遇。站高望远，农业哪一天真正诠释了多功能性，也将真正成为一个充满希望的朝阳产业。

为了实现这一美好的目标，我们应该抓住以下几个关键环节：

注重调整农业投入政策，确保精准发力。要利用农业的多功能性，突破传统认识的局限，给予农业新的地位和作用，重视构筑农业产业体系间各个环节的互动。在制定农业基础设施建设和农村经济发展战略时，考虑环境、食品安全、社会、经济、文化等多种因素，使农业与农村的建设发展有利于产生多方面的功能与效益；拓宽和扩大政府支持的领域及范围，多功能农业的有效发展，不但需要政府在农业政策上的支持，而且需要政府不断拓宽支持的项目范围和领域宽度；为发挥农业的多种功能和作用，要将农产品生产体系、加工体系、市场销售体系、质量管理体系、政策支持体系、生产组织体系、生态保护体系及其安全体系，作为现代农业政策投入的方向。

注重调整优化产业结构，提高农产品附加值。现代农业必须是适应市场变化、满足市场需求的产业，必须是立足资源禀赋、充分发挥比较优势的产业。推广立体种养、粮经结合等生产模式，发展循环农业、林下经济，提升农业能级。通过"控总量、调结构"，构建与环境承载力和环境保护等要求相适应的畜禽生产能力。调优农业产业布局，依托本地市场优势，实施品牌战略，积极发展绿色农业和有机农业。大力发展农产品加工、物流、配送、直供直销、电子商务，大力发展休闲农业，提升农业的生态价值、休闲价值和文化价值。

注重农业经营方式的制度创新，促进农业增效。着力做好"两抓三提升"。两抓是指：抓延伸，在已建家庭农场的基础上，推进家庭农场社会化服务体系建设，不断提升家庭农场经营组织能力，提高农产品附加值，形成家庭农场与农民合作社联合发展的新机制；抓拓展，除了粮食生产家庭农场，要向多种形式的家庭农场拓展；三提升是指：通过加强培训，提升家庭农场经营者的能力水平；重视规范发展，提升合作社的质量；健全农业企业与农民的利益联结机制，提升农业企业对农民增收的辐射带动作用。

注重农产品质量安全，确保市民"舌尖上的安全"。现代农业首先是质量安全的农业。要让消费者不仅吃饱吃好，更重要的是吃得安全放心，农业部门要有这个担当。要坚持"产出来"与"管出来"两手抓、两手硬。一方面，大力推进农业标准化生产。这是提高农产品质量安全水平的治本之道，是优化农业结构、促进农业转型升级的重要内容。要继续推进园艺作物标准化生产、畜禽标准化规模养殖和水产健康养殖，加强源头治理，规范生产过程，打造一大批农业标准化生产基地和农产品知名品牌。另一方面，不断强化农产品质量监管，抓紧健全农产品质量安全标准体系，加快建立追溯管理信息平台，完善监管机构和监管机制，加大日常执法与集中整治的力度，全面提升农产品质量安全水平。

注重资源节约和环境友好，实现农业可持续发展。要重点念好"减、退、转、改、治、保"六字诀。"减"，就是要把过量使用的农药、化肥等农业投入品尽快减下来；"退"，就是要把超过农业资源环境承载能力的生产切实退出来；"转"，就是要把农业废弃物转化成为资源和财富，化害为利、变废为宝；"改"，就是要把地力下降的土壤改良好；"治"，就是要把受损的生态环境逐步修复治理好；"保"，就是要把农业发展的根基和命脉坚决保住。基本农田一旦划定以后，谁都不能占，对违反者要用重典惩治，真正实现农业的可持续发展。

注重培育新型职业农民，提高劳动者素质。农业后继无人问题的解决，关键是要加快培育一批以本土化为主的有文化、懂技术、善经营、会管理、能担当的新型职业农民队伍。建立公益性农民培养培训制度和社会保障制度，提高新型职业农民整体素质。要增强农业的吸引力，通过集约经营、规模经营，让农业经营有效益，让农民成为体面的职业。

（刊于 2016 年 2 月 21 日《解放日报》）

以产权改革盘活农村"沉睡的资本"

日前，中共中央、国务院下发《关于稳步推进农村集体产权制度改革的意见》。《意见》指出，农村集体产权制度改革是巩固社会主义公有制、完善农村基本经营制度的必然要求。推进农村集体产权制度改革是维护农民合法权益、增加农民财产性收入的一项重大举措，也是我国实行家庭联产承包制后农村生产关系的又一大制度创新，管长远、管根本、管全局，对于坚持中国特色社会主义道路，完善农村基本经营制度，增强集体经济发展活力，引领农民逐步实现共同富裕具有深远历史意义。

实现还权于民是推进农村集体产权制度改革的出发点

农村集体经济是由农业合作化起步、集体化形成的一种所有制形态，集体所有制不是共有制，而是总有制，具有合作性、区域性、排他性和多功能性等基本属性。传统公有产权通病：一是归属不清；二是权责不明；三是保护不力；四是流转不畅。当前和今后一个时期在全国各地推进农村集体产权制度改革具有十分重要的现实意义。以明晰农村集体产权归属、维护农村集体经济组织成员权利为出发点，以推进集体经营性资产改革为重点任务，以发展股份合作等多种形式的合作与联合为导向，目的是构建一个具有中国特色社会主义的农村集体产权新制度，建立一个符合市场经济要求、有利于管好用好集体资产、实现集体资产保值增值的农村集体经济运行新机制，形成一个有效维护农村集体经济组织成员物质利益和民主权利的农村集体经济治理新结构。

推进农村集体产权制度改革势在必行，明确改革方向则是推进改革的根本保障。

做到"两个防止"。在改革过程中，要坚守农民利益的底线，不能把农民的财产权利改虚了、改少了、改没了。在股权转让方面，应规定转让范围、受让人持股上限，切实防止集体经济组织内部少数人侵占、非法处置集体资产。针对一些农民存在的希望撤镇撤村处置兑现现金、注重眼前利益求实惠的心态，要坚守集体所有制的底线，不能把集体经济改弱了、改小了、改垮了，杜绝农村集体经济产权制度改革推进过程中出现"一撤就分、一分就光"的现象。要防止外部资本侵吞、非法控制集体资产，要制定章程，明确规定现阶段集体资产股权转让、退出、继承限定在本集体经济组织内部。

做到"两个确保"。确保农村集体资产保值增值，积极引导农村集体经济组织发展不动产及物业、租赁管理项目；没有条件的，一般不鼓励开展经营性活动。确保农村集体经济组织和成员基本利益，坚持效益决定分配原则，明确不得举债分配，明确建立农村集体资产收益以丰补歉机制。

实现"两个促进"。要采取多种渠道发展壮大农村集体经济，通过哺育养健集体经济这只"母鸡"下更多的蛋，从而促进农村集体经济发展，促进建立农民持续增收长效机制。改革不是杀鸡取卵，而是养鸡下蛋。改革后，集体资产才能"人人有份"，条件好的都能吃个荷包蛋，条件一般的来个西红柿炒鸡蛋，条件差的喝个蛋花汤。

坚持分类指导是推进农村集体产权制度改革的根本保证

要始终坚持把实现好、维护好、发展好广大农民的根本利益作为农村产权制度改革的出发点和落脚点，在推进中做到实现全覆盖，贯彻全过程。农村集体产权制度改革的目标是构建归属清晰、权能完整、流转顺畅、保护严格的产权制度，界定现阶段农村集体经济组织产权制度改革的重点是非资源性集体经营性资产。通过改革，既实现农村集体经济可持续发展，又促进农民财产性收入不断增加。

对土地等资源性资产，重点是抓紧抓实土地承包经营权确权登记颁证工作。要通过深入细致的工作，挨家挨户，全面了解与分析尚未登记农户的实际情况，有什么问题解决什么问题。对已经完成登记的权证，都必须发放到每个农户，真正做到"确实权、颁铁证"，为农村土地承包权长久不变，全面推进产权制度改革奠定扎实基础。

对经营性资产，重点是将农村集体经营性资产进行股份合作制改革，让农民变股民，明晰产权归属，将集体资产折股量化到人落实到户，发展多种形式的股份合作。建立健全组织治理结构，依法开展各类经营活动，并按照效益决定分配等相关规定，让改制后的集体经济组织成员享受收益分配，增强成员的改革红利获得感。

对非经营性资产，探索委托镇一级统一经营管理的有效机制，提升管理能级，提高服务水平，更好地为集体经济组织成员及社区居民提供更多优质的公共服务。

坚持基本原则是推进农村集体产权制度改革的关键所在

坚守改革底线。推进改革的底线就是保持农村集体经济所有制的性质不能变。防止集体经济由内部少数人侵占支配，防止农村集体经济被外部资本吞并控制。农村集体经济组织要牢牢管住集体土地和不动产等资源性资产，确保成员权益不受损害。

尊重群众意愿。农村集体资产涉及千家万户的利益。开展农村集体经济组织产权制度改革工作必须实行全过程公开公平公正，接受群众监督。法律法规明确的，必须依法依规；已有政策的，要按政策认真执行；没有政策依据的，通过召开集体经济组织成员代表大会民主决定。坚持程序的合法性与公开性相结合，将成员资格认定的决定权交给农村集体经济组织成员，由他们充分协商、民主决定，确保集体经济组织成员改革的知情权、参与权、表达权和监督权。

注重因地制宜。产权制度改革的新型集体经济组织的形式可以是经济合作社，也可以是有限责任公司、社区股份合作社，各地可根据实际情况选择不同形式予以推进。城市化地区，可采取股权形式量化集体资产；其他地区，则采取份额形式赋予农村集体经济组织成员合法权益。撤制村的改制，原则上不再设立集体股。未撤制的村及镇的改制，可设立一定比例的集体股，主要用于本区域公共福利和公益事业等开支。同时明确不得设立干部股。基层可综合考虑其他因素，确定股权的具体设置方法。提倡农村集体经济组织成员家庭今后的新增人口，通过分享家庭内拥有的集体资产权益的办法，按章程获得集体资产份额。

健全治理机制。通过改革，理顺新型集体经济组织和村党组织、村委会之间的关系，形成在村党组织领导下，村民委员会自治管理、村社区经济合作社自主经营、村务监督管理委员会监督的新格局。进一步完善集体经济组织的治理机制，建立健全成员代表会议、理事会、监事会等组织治理结构，赋予成员知情权、参与权、表决权和监督权。明确村经济合作社和乡镇经济联合社的理事长应在具有集体经济组织成员资格的人选中选举产生。

创新工作体制。着力形成区县和乡镇党政主要领导亲自挂帅、各相关职能部门全面参与的良好氛围，建立目标考核机制，把推进农村集体经济组织产权制度改革作为党委、政府重点工作予以推进，并纳入重要考核内容，形成由上而下的压力传导机制。各部门协同配合、共同推进，确保改革顺利推进。

雄关漫道真如铁，而今迈步从头越。农村集体产权制度改革的号角已经吹响，我们完全有理由相信，只要方向正确、战略得当、步骤稳妥，农村集体产权制度改革这场静悄悄的革命，就一定会获得圆满成功！

（刊于 2017 年 1 月 5 日《文汇报》）

让休闲农业农韵十足

　　麦随风里熟，梅逐雨中黄。伴随着艾草和薰衣草的阵阵清香，沪郊乡村休闲农业场所迎来了一批又一批休闲观光的市民。

　　近年来，休闲农业已成为农业供给侧结构性改革的主战场。每逢周末或是小长假，各类休闲农业观光园，市民纷至沓来，体验农家生活，感受农家气息，各色地产时令的农产品，更是吸引了城里人前来采摘游玩，农家的收入也随之不断增加。

　　来自国家权威部门的统计数据显示，过去一年，全国休闲农业和乡村旅游发展态势良好，共接待游客近 21 亿人次，营业收入超过 5700 亿元，从业人员 845 万，带动 672 万户农民受益。

　　休闲农业是我国农业一个新的发展领域。农业实现融合发展后，充分彰显了其促进增收的经济功能、带动就业的社会功能、传承农耕文明的文化功能、美化乡村环境的生态功能，促使农区变景区、田园变公园、劳动变运动、农产品变商品、民房变客房，让农村闲置的土地利用起来，让农民闲暇的时间充实起来，让富余的劳动力流动起来，让传统的文化活跃起来，已成为农业增效、农民增收、农村增绿的新产业新业态，成为农业农村经济发展的新动能。

各地休闲农业如雨后春笋蓬勃发展，细究其魅力无穷：

休闲农业是美丽的风景。观光游览、体验农业美是休闲农业基本的构成要素。观赏比游玩更能体现休闲农业体验给人心灵上带来的愉悦，而且休闲农业中观赏的内容和方式都很广泛，可以无限挖掘和创新。

休闲农业是带不走的美味。伴随着市民对健康饮食方式的追求，品尝特色乡村美食，满足味觉享受，是到乡村去的原动力。在休闲农业中，为消费者提供地产地销的特色农产品，打造不一样的"食"体验，体现鲜明的本地特色和不可带走性。

休闲农业是亲手劳作的满足。采摘作为近年来迅速兴起的新型休闲业态，像樱桃、杨梅、草莓、葡萄、西瓜、桃子等，伸手可摘，入口即食，以参与性、趣味性、娱乐性强而受到消费者的青睐。无论是采摘、种植、观赏、垂钓等，通过部分劳动过程的亲自参与、亲身体验，让参与者更加珍惜农村自然文化资源，激起人们热爱劳动、热爱生活、热爱自然的兴趣。

休闲农业是修身养性的愉悦。农村不仅可以提供新鲜的空气，闲适的氛围，更重要的是农业生产的丰富性、完整性和连续性，给人们的生活带来节奏的变化，是完整人性的体现。望得见山，看得见水，记得住乡愁，修身养性成为休闲农业的重要内容。

有关专家指出，虽然现阶段休闲农业在各地都有不同程度的发展，但其中的软肋是共同的，问题也是普遍的。由于缺乏顶层设计，规划缺位，导致整体水平比较低下。发展休闲农业最大的通病是看到别人干什么赚钱，自己就干什么，简单的模仿，最后导致白热化的同质竞争。还有的就是人才缺乏、管理滞后、服务欠缺，可持续性发展不够。

事实上，随着人们生活水平的提高，市民对休闲旅游的需求日趋强烈，而且已不满足于单一的农家乐、观光、采摘等休闲农业体验模式，需求日趋多元化。

令人欣喜的是，政府部门已将大力发展休闲农业放到重要的议事日程上来。如何打造特色鲜明、农韵十足的休闲体验，未来休闲农业发展可从以下几方面多下功夫：

更加强调特色。休闲农业能否发展得更好，关键在于经营者能否发掘项目所处位置的自然资源、景观资源、产业资源、文化资源以及人的资源等并加以合理利用和开发，发挥乡村及农业资源特有的生物性、季节性、实用性，以此营造其特色。

更加注重体验。休闲农业的卖点之一就是体验性，如何将优势资源设计成知识性、趣味性、人性化的体验活动，使其产生美好的感觉和难忘的记忆，这将是休闲农业制胜的关键。

更加保持生态。休闲农业如果没有了自然生态作为依托，就相当于一个人没有了灵魂，所以发展休闲农业应该珍惜自然资本，在休闲旅游与生态保育之间取得平衡。

更加讲究健康。健康的休闲农业无疑是一个大的亮点。未来休闲农业发展应致力于维护环境，提供新鲜空气、洁净水、特色蔬果和设计养生餐饮及健身运动场所，营造和谐而富有人情味的社会情感。

更加促进融合。休闲农业引导市民到农村去，与农民交朋友，实现城乡居民共同寻找真正的富裕，促进绿色和谐发展，才是未来农业体验的目的。

（刊于 2017 年 6 月 16 日《新民晚报》）

养只会生蛋的"母鸡"

　　物理意义上的农村早已消逝，曾经的农地如今高楼林立，农民皆因征地而变为城镇居民——自 1979 年启动村、队撤制以来，长宁区新泾镇城市化之路走过了漫长的 38 年。然而，新泾镇 57.89 亿元镇级集体资产归谁所有、由谁管理、让谁受益？社员们挂心的问题，通过产权制度改革得到了答案。

　　长宁区新泾镇在中心城区六个拥有农村集体资产的镇中率先完成镇级产权制度改革，这是上海推进城市化进程中的一件标志性的事例。年初，新泾镇举行了镇级集体产权制度改革之后的首次收益分配，向 20082 名集体经济组织成员分配了 3473 万元，人均分配得 1720 元。

　　无独有偶。奉贤区将推进农村产权制度改革和扶持经济薄弱村有机结合。本年度奉贤区 100 个经济薄弱村每村分配收益 70 万元，48 万奉贤农村集体经济组织成员当年度分红 144 元。

　　在广大上海郊区，世代成长的父老乡亲都不约而同点赞这项近年来本市着力推进的改革——农村集体产权制度改革。

　　来自主管部门的统计数据显示，上百万农村集体经济组织成员因产权制度改革或多或少分享了红利。去年全市 1621 个村完成了改制，占总村数的 97%；25 个镇完成了改制，占有集体资产总镇数的 20%。到今年 4 月底，已有 362 个改制镇村进行了改革收益分配，127 万社员喜逐颜开获得了改革红包。

这是一场静悄悄的革命，是上海推进城乡发展一体化进程中的一件大事。

事实上，产权制度改革不仅仅让农民的腰包更鼓，而且改革还创新了集体经济组织治理结构和集体资产管理制度，促进了集体资产保值增值和集体经济可持续发展；建立了新型农村集体经济治理机制，农民参与经济管理并分享收益，有效解决了长期存在的因土地征占、资产处置、财务和收益分配管理等问题引发的社会矛盾，防止损害集体经济组织利益的情况发生，维护了城市化快速发展地区的社会稳定。

农村集体产权制度改革追溯时间长、涉及面广、政策性强，牵动着 500 多万过往和现有的集体经济组织成员利益，是一项庞大的系统工程。农村集体产权制度改革后的实效如何？上海市政府发展研究中心的一项跟踪评估给出了答案：农民满意度超过九成。

有一个生动的比喻是，农村集体资产，像一个风筝，飞得再高，总有一根线牵着。这根线，就是构建一个具有中国特色社会主义的农村集体产权新制度，维护好、实现好、发展好农民利益。在推进改革过程中，上海坚持了三个"做到"。

做到"两个防止"。在改革过程中，坚守农民利益的底线，不能把农民的财产权利改虚了、改少了、改没了。在股权转让方面，规定转让范围、受让人持股上限，防止集体经济组织内部少数人侵占、非法处置集体资产。针对一些农民存在的希望撤镇撤村处置兑现现金、注重眼前利益求实惠的心态，坚守集体所有制的底线，不能把集体经济改弱了、改小了、改垮了，杜绝农村集体经济产权制度改革推进过程中出现"一撤就分、一分就光"的现象。防止外部资本侵吞、非法控制集体资产，制定章程，明确规定现阶段集体资产股权转让（赠与）、退出、继承限定在本集体经济组织内部。

做到"两个确保"。确保农村集体资产保值增值，积极引导农村集体经济组织发展不动产及物业、租赁管理项目，老百姓俗称养只会生蛋的"母鸡"。确保农村集体经济组织和成员基本利益，坚持效益决定分配原则，明确不得举债分配，明确建立农村集体资产收益以丰补歉机制。

做到"两个促进"。采取多种渠道发展壮大农村集体经济，通过哺育养健集体经济这只"母鸡"下更多的蛋，从而促进农村集体经济发展，促进建立农民持续增收长效机制。改革不是杀鸡取卵，而是养鸡下蛋。改革后，集体资产才能"人人有份"，条件好的都能吃个荷包蛋，条件一般的来个西红柿炒鸡蛋，条件差的喝个蛋花汤。改革后即便手里暂时还捧个空碗，也知道母鸡早晚会下蛋。

坚持注重因地制宜，坚持农龄为主要依据，坚持公开公平公正，坚持效益决定分配。上海的实践走在全国前列，成为农村改革的样本。

最令人期盼的是，为了进一步巩固和促进改革成果，上海又一次吹响了集结号。今年市人大已将《上海市农村集体资产监督管理条例》正式列为立法项目。近期，市有关职能部门正在加紧开展立法调研和草案起草。通过立法，上海在农村集体资产监管和推进产权制度改革方面将有新作为，真正实现农村集体资产的组织体系化、产权明晰化、改革程序化、制度规范化、管理信息化、监督多元化，沪郊大地将涌现更多的农村改革好事喜事，老百姓也将会有更多的获得感和幸福感。

（刊于 2017 年 5 月 1 日《新民晚报》）

上海新大米飘出"新思维"

秋天是收获的季节，今秋在沪郊广袤的田野上，关于上海新大米的好消息接二连三。

8月23日，在奉贤金汇，上海市郊喜开第一镰，首批收割稻米的品种为源自海外的越光米，较普通中晚熟品种提前了25天。

9月4日，沪上唯一大米类地理标志保护产品"松江大米"在泖港开镰，收割机穿梭在田间，颗颗饱满的稻粒很快装上拖车。此次收割的"松早香1号"是松江农技中心自主繁育的水稻新品种，得益于黄浦江源头的滋养，保留了江南稻种优势基因，穗大粒重纯度高。松江区农委反映，由于市场反响很好，今年松江再次扩大"国庆稻"种植面积1万亩，几乎比上年翻了一番。

上周末起，市农委组织松江、崇明等地的种植业主搭桥对接百联集团等国有商业企业销售网点，利用与东北大米上市的时间差，为上海市场提供质优品佳的国庆新米。据悉，这些上市的地产新大米安全质量达到或高于国家标准，做到全程质量安全可追溯，其产品则分为有机、绿色、无公害三种标准，并在包装袋上明显标注，方便市民放心选购。考虑到上海国庆新大米的"早、优、鲜"特色和上海市民生活"精、细、美"特点，这次上市的新大米均采取标有上海金山农民画的统一包装，重量分 1 公斤和 2.5 公斤两种规格。参与超市试尝的市民反映，新上市的香粳稻米口感柔润，软糯甘香，蒸熟时有浓浓的清香，吃起来有糯糯的感觉，咀嚼中有淡淡的甜味，是真正的上海味道。

上海素有"鱼米之乡"美誉，自古盛产优质大米，有些还是贡品，还有不少人文故事。前几年，上海郊区国庆前后生产的稻米数量有限，真正让市民尝新的并不多。今年上海郊区主动优化水稻品种结构，扩大国庆稻种植面积。市农业主管部门精心谋划，因势利导，鼓励引导上海水稻生产从"卖稻谷"向"卖大米"转变，满足上海市民生活需求。专家指出，这是上海农业发展转折的重要标志，上海要建设都市现代绿色农业，上海农业不以产量论英雄，更注重抓好品质提升。

从"卖稻谷"转向"卖大米"，这一变革带给上海农业诸多思考和认识。

首先，这是推进农业供给侧结构性改革的有益探索。上海是人口超过 2400 万的国际性大都市，人口的集聚营造了对农产品的巨大市场需求。这几年，人们消费需求发生变化，吃得更好、吃得更安全、吃得更放心成为新的追求目标。因此，上海农业供给结构优化的导向是根据需求来调整供给。都市农业根据都市发展要求、市民要求去优化结构。目前，上海种植水稻面积 140 万亩，年生产稻谷 80 万吨左右，折合大米约 50 万吨左右，通过主攻主抓水稻早熟品种，打时间差，推广早中熟品种，增加水稻的经济效益，保障有效供给，增加农民收入。

其次，推进产业融合发展。从稻谷到大米，中间包含生产、加工、销售等环节，全方位开展上海地产优质农产品培育推广及各渠道市场营销的深度合作，有益于延伸产业链，拓展价值链，提高稻米生产的附加值。

此外，把坚持品牌、品种、品质战略当作重要抓手。农产品"三品"发展中，品牌是灵魂，品质是关键，品种是保证。未来上海农业必须从生产端、供给侧发力，把增加绿色农产品供应放在突出位置，进一步调优种植与养殖结构，增加绿色、有机、优质、特色农产品，减少滞销、一般、过剩农产品。上海要建成全国农产品质量最安全最放心的城市，这是衡量农业搞得好不好的主要标志。

"卖稻谷"变"卖大米"，犹如一石入水，激起层层涟漪。从近日市政府新闻发布会上传出的信息，上海有关部门计划用三年打造"上海新大米"的统一品牌，成为上海市民日常生活中主食文化的"乡愁与回味"。

以此为契机，市有关部门还将参照上海新大米的市场营销及宣传推介模式，继续拓展地产蔬菜、水果等特色农产品，届时，崇明清水蟹、马陆葡萄、南汇8424等市民耳熟能详的农产品将走进千家万户，与市民亲密接触，这无疑是广大市民对上海农业的最大期盼，也是上海市民的最大福音。

（刊于 2017 年 9 月 26 日《新民晚报》）

上海之根的家庭农场创新

　　这些天，全国十佳农民、松江区泖港镇家庭农场主李春风喜逐颜开，今年他经营的家庭农场调整种植结构，130 亩早熟"松早香 1 号"虽然产量稍低于常规水稻品种，但优质稻米行情好，卖得俏。在松江，像李春风这样的家庭农场主，全区共有 921 户，经营面积 13.9 万亩，占全区粮田面积的 95%。其中，家庭农场中实行种养结合的 91 户。有道是"庄稼一枝花，全靠肥当家"，实行种养结合，发展循环农业，于是，猪壮了，田肥了，米好了，大家都说松江大米呱呱叫。

　　事实上，被誉为"上海之根"的松江，在发展粮食生产家庭农场方面早就名扬全国。为破解"谁来种田、怎样种田"的问题，2007 年起，松江区创办粮食生产家庭农场，以农户家庭为经营主体，主要依靠本地家庭劳动力，实现生产规模化、专业化和集约化，提高农业生产水平，粮食生产经营成为农民家庭收入的主要来源。10 年来，松江区家庭农场从规范发展到融合发展、提升发展，取得生产发展、农民增收、生态改善、农业可持续发展的显著成效，家庭农场这一新型农业经营主体在上海乃至全国各地得以迅速推广。

　　那么，松江家庭农场究竟成功在哪呢?

首先，它实现了小农户与现代农业衔接。在坚持土地所有权归属村集体经济组织的前提下，土地承包经营权分为承包权和经营权，实行承包权和经营权分置并行，实现土地所有权、承包权、经营权"三权分置"，是松江家庭农场发展的关键。土地所有权属于村集体经济组织，便于根据本村实际制定家庭农场户数和规模经营者条件，统一操作土地流入转出、租金交付，利于实现守土有责、保护耕田、优化土地资源配置、决定土地流向。土地承包权属于农户，通过土地流转获得稳定的流转费收益，实现"离土离乡不离利益"，也能保障其知情权，参与所有决策过程。土地经营权属于家庭农场主，按照合同期内经营土地，安心生产，利于经营者稳定队伍、提高素质。在"三权分置"理念指导下，松江区农民土地承包合同签订率达到99.9%，权证发放率达到100%。

　　其次，改善了农村环境面貌。组建家庭农场后，松江区粮田由本地农民规范种植，改变了过去三分之一粮田由外来户不规范种植、掠夺性生产的情况，保护了基本农田，促进了农业生态改善。通过农业技术推广，改进了肥料使用技术，减少了化肥施用量，对增加土壤肥力、养护农田作用明显，实现了农业生产的生态循环。

　　再次，探索了农业发展模式。通过发展家庭农场，松江区改变了土地一家一户分散经营方式，将土地、劳动力、农机等生产要素适当集中，实现适度规模经营，利于现有生产条件下劳动力与耕种面积的合理配置，也利于良种、栽培和防治等农业新技术的推广应用。2013 年起，松江区重点推动发展机农结合家庭农场，实行"小机家庭化、大机互助化"的农机作业方式，使全区粮食生产的机械化率从 74.6% 提高到 95.9%。家庭农场的发展，使松江区实现了现有生产条件下劳动力与耕地面积的合理配置，农户数量从 2007 年的 4900 家调整到目前的 921 家，大大提高了劳动生产率，使农民从兼业状态变为职业农民，推进了粮食生产的专业化进程。

最后，家庭农场模式显著提高了农民收入。十年来，松江区家庭农场经营收入从刚开始户均 4.6 万元升至目前的 12.2 万元，亩均净收入从 460 元升至 973 元。据调研，按一个家庭农场两个劳动力测算，机农结合和种养结合家庭农场户均收入普遍超过 30 万元，农民拥有"体面的收入"，过上"体面的生活"，使农业成为"体面的职业"。

走在充满希望的金色田埂上，联合收割机翻滚起片片稻浪，这正是"上海之根"独特的丰收美景。看着一个个家庭农场，真是乡土气息浓，水乡韵味长！

（刊于 2017 年 11 月 22 日《新民晚报》）

在摩天大楼眺望乡村之美

　　上海这样的国际化大都市还有乡村吗？是不是可以告别农业、告别乡村？乡村的功能价值在哪里？我在上海农业农村部门工作，常常会被人这样问道。

　　回答不仅仅是乡村不可或缺，不可替代，不容忽视。于是，便有了重新认识和发现乡村价值的问题。

　　5月7日，市委书记李强在金山调研时指出，农业要更强，优势农产品要提质增效打造品牌，形成一批富有吸引力的农业旅游和特色休闲产品。农村要更美，既塑形又留魂，在风貌塑造上留住乡村的"形"，在文化传承上留住乡村的"魂"，让乡村既有外形之美，更有内涵之美、文化之美。农民要更富，在持续增收上要有新思路、新举措，让广大农民也能享受高品质生活。

　　事实上，乡村价值是有历史的，也是有文化的，有诗为证。"绿树村边合，青山郭外斜。""千里莺啼绿映红，水村山郭酒旗风。"——美丽如画，恬静如歌，诗词歌赋中对乡村的描绘大体如是。

　　乡村是令人神往的，"暖暖远人村，依依墟里烟"，是陶渊明笔下的美好田园。远处村落依稀可见，袅袅炊烟随风而起，亲切自然。

乡村是富有人情味的，"莫笑农家腊酒浑，丰年留客足鸡豚"。朴素醇香的酒肴，却胜似玉盘珍馐。

"乡村"是诗句里的平仄，也是我们生活中的点滴。

乡村价值是多功能性的，体现在空间维度，具有生活、生产、生态"三生"空间功能；体现在时间维度，则具有传承文化、旅游休闲的功能。

生活空间功能是乡村价值的首要功能，这是人们赖以生存的，其重要性不言而喻。

其次是生产空间功能。乡村为农业提供生产空间，为都市市民提供周边省市难以替代的鲜嫩、鲜活的蔬菜、畜禽、果品及水产品。比如，上海每天要消费 7 万吨食物，其中 90% 的绿叶菜、70% 的鲜奶、20% 的水产品都是郊区乡村提供的。都市乡村的农业为提高市民的生活质量和生活品质作出了重要贡献。

第三，生态涵养功能。乡村生态是城市生态的背景和衬托，离开它，城市就会缺乏生机。乡村生态农业净化环境的机能是难以估量的。如水稻田就是城市长期、稳定的季节性湿地，是有生命的基础设施，也是城市的一大景观。建立人与自然、都市与乡村高度统一和谐的生态环境，为城市创造一个优美的生存环境，能真正起到"城市之肺"的作用，为城市降温净气，减少减轻"水泥丛林"和"柏油沙漠"对都市人带来的烦躁不安。

第四，文化传承功能。亲自体验农业乡村活动，能加深人们对农村特有风俗的理解，传承发展农业文明，促进城乡文化交流，培养人们对大自然及科学的热爱。

第五，旅游休闲功能。随着人们生活质量的改善和工作节奏的加快，到秀美田园风光和清新自然环境中陶冶情操、修身养性的愿望越来越强，走进乡村、亲近乡村、享受乡村的人越来越多。未来的日子里，人们最大的奢侈品就是乡村。在都市内保留一些乡村空间，开发农业旅游和乡村休闲产业，既能改善都市生态环境，又能为市民提供旅游休闲的活动空间。

多功能性的乡村价值构成了宜居城市的重要内容。建设美丽乡村、富裕乡村、和谐乡村，实现生活空间宜居适度、生产空间集约高效、生态空间山清水秀，使城市内部的水系、绿地同城市外围河湖、森林、耕地形成完整的生态网络。

建设与上海卓越的全球城市和社会主义现代化国际大都市的地位相得益彰的农业农村，推进有上海特色的乡村振兴，不仅能够更好地满足城乡居民日益增长的优质农产品需求，而且有利于优化城市生产、生活、生态三大布局，提高城市发展的宜居性，建设现代城市"后花园"。在促进生产上，通过做优做强特色农业，发挥品种、品质、品牌上的优势，可以为城市经济发展培育更多的绿色低碳产业。在改善生活上，通过开展乡村旅游、休闲、体验等服务，可以为市民提供更多回归自然、放松身心、感受传统文化的去处。在提升生态上，通过增加农业绿地、湿地等生态资源，可以减少大气和水土污染，为城市守住绿水青山、留下蓝天白云。

在风貌塑造上留住乡村的"形"，在文化传承上留住乡村的"魂"。国际化大都市的发展离不开乡村，正是有了乡村的滋养，城市才能生生不息、持续发展。

推进乡村振兴，我们责任在肩，唯有不懈努力！

（刊于 2018 年 5 月 9 日《新民晚报》）

重新认识乡村价值

在推进乡村振兴的大背景下，乡村的功能价值需要重新认识和发现。乡村有其不可替代性，价值是多功能性的，体现在空间维度，具有生活、生产、生态"三生"空间功能；体现在时间维度，则具有传承文化、旅游休闲的功能。从城乡关系看，乡村价值主要体现为五大功能：

生活空间功能。有史以来，人类主要生活在乡村。即使进入了城市社会后，仍有大量人口居住在乡村。城市化发展到一定程度后，还会产生逆城市化现象。近年来低碳、慢生活理念的传播以及人们对健康的追求，都要求我们重新分析和揭示乡村生活的特点，乡村的吸引力与日俱增。

生产空间功能。乡村为农业提供生产空间，为城市提供蔬菜、畜禽、果品及水产品。都市乡村的农业为提高市民的生活质量做出了重要贡献。在一些特殊时段，都市农业还能为城市安全发挥无以替代的作用。

生态涵养功能。乡村生态是城市生态的背景和衬托，离开它，城市就会缺乏生机。乡村的生态系统以村落地域为空间载体，将村落的自然环境、经济环境和社会环境通过物质循环、能量流动和信息传递等机制，综合作用于农民的生产和生活，建立起人与自然、都市与乡村高度统一和谐的生态环境，由此减轻"水泥的丛林"和"柏油的沙漠"对都市人带来的烦躁与不安，为市民制造氧气，为城市降温净气，提高市民的生活质量。同时，城市也需要错落有致的景观，通过发展景观绿地，增加绿色植被以及创立市民农园、农业公园，成为城市重要的绿色屏障。

文化传承功能。乡村是一座文化宝库，被赋予了深刻的文化意义和乡土情怀。与快节奏的城市生活相比，乡村给人一种安全稳定祥和的印象。通过人们亲自体验农业农村活动能够加深对乡村中特有的风俗、文明的理解，使农业文明得以传承和发展，从事农业农村活动可以直接对市民进行农技、农知、农情、农俗、农事教育，提供机会更多了解现代农业科技，体验乡村风俗、了解乡村文化，促进城乡文化交流，培养人们对大自然及科学的热爱之情。

旅游休闲功能。随着人们生活质量的改善和工作节奏的加快，到秀美田园风光和清新自然环境中陶冶情操、修身养性的愿望越来越强，走进乡村、亲近乡村、享受乡村的人越来越多。在都市内保留一些乡村空间，开发农业旅游和乡村休闲产业，既为城市增添了绿色，改善了都市生态环境，又为市民提供了旅游休闲活动空间，增加了减轻工作及生活压力的新渠道，达到舒畅身心、强健体魄的目的。

综上，多功能性的乡村价值构成了宜居城市的重要内容。建设美丽乡村、富裕乡村、和谐乡村，实现生活空间宜居适度、生产空间集约高效、生态空间山清水秀，使城市内部的水系、绿地同城市外围河湖、森林、耕地形成完整的生态网络。推进各具特色的乡村振兴，不仅能够更好地满足城乡居民日益增长的优质农产品需求，而且有利于优化城市生产、生活、生态三大布局，提高城市发展的宜居性，建设现代城市"后花园"。

乡村价值具有准公共产品特性，其产出的产品不仅包括商品，还包括一些公共物品。这其中，生活居住、农产品生产属于商品性功能，而国土资源保护、水资源养护、自然环境保护、自然景观形成、传统文化继承等属于非商品性功能。乡村价值的这种外部性，较难从市场交换中获得相应的补偿。因此，乡村价值的属性明显不同于传统产品生产意义上的生产性农业，由于多功能的乡村价值的受益者首先是整个社会，其次才是农业农村的生产者和经营者，从这个意义上讲，乡村价值的非商品性功能具有较强的正外部性，乡村价值本身具有准公共产品特征。明确了这一点，推进乡村振兴理应得到整个社会的广泛支持。

（刊于 2018 年 7 月 14 日《农民日报》）

上海农村集体产权制度改革之路
为何走得这样顺畅?

01 瞬间

目前,上海农村集体资产总量达到 5620 亿元、净资产 1637 亿元,资产总量在全国名列前茅;全市 98% 的村已完成了村级改制,50% 的镇已完成了镇级改制,成为全国农村集体产权制度改革的领头羊。

2017 年 11 月 23 日,上海市十四届人大常委会第四十一次会议全票通过了《上海市农村集体资产监督管理条例》(以下简称《条例》),这是继 2016 年底《中共中央国务院关于稳步推进农村集体产权制度改革的意见》文件发布之后,各省市自治区制定的第一个地方性法规,标志着上海农村集体产权制度改革走上了法治化的轨道。

《条例》共 7 章 42 条,包括总则、权属确认、组织机构、经营管理、指导监督、法律责任和附则,从 2018 年 4 月 1 日起实施,这是 40 年来上海农村改革的重大标志性工程。

02　故事

养好母鸡，下蛋；蛋的一部分可以吃，一部分再孵小鸡，养大成为能下蛋的母鸡。如此，会下蛋的鸡会越多，可用于吃的蛋也会越多。这是生活中一个朴素的常识，作为一门学问被上海运用到了农村集体资产改制中来。从2001年我担任市农委政策法规处副处长起，经历本市农村集体产权制度改革的全过程，深深感到这项改革的艰难和不易。

为什么要推进这项改革？农村集体资产是自1956年农业生产高级合作社成立以来广大农民群众长期共同积累的财富，而且随着城市化进程的加快不断增值。当前农村集体资产遇到的主要问题是集体产权不明晰，如同一道挡在农民和集体资产间的"围墙"。改革就是要推倒这面"墙"，通过建立制度，通俗易懂地讲就是要搭一个鸡棚，分清这些鸡的归属，确保归属清晰，让农民看得清，摸得着。在整个过程中，不能把集体经济组织这个老母鸡分掉吃光。鸡下了蛋，按照效益决定分配的原则，让集体经济组织成员公平公正地分享资产的收益。

在推进过程中，倡导的五个坚持非常关键，就是坚持集体所有、坚持因地制宜、坚持以农龄为主要依据、坚持公开公平公正，坚持效益决定分配，得到了基层农民群众的普遍认可。在国内各省市中，上海农村集体产权制度改革走在全国前列，得到了中农办和农业部的肯定。

上海的农村产权制度改革历经20多年，我的感受是摸着石头过河，走了一条不断探索勇于攀登的新路。

回顾这条探索之路，必须提的有两个先行者。"一个红旗村，一个虹五村，成为第一批吃螃蟹的村。"20世纪90年代初，为适应社会主义市场经济体制需要，近郊普陀区长征镇红旗村、闵行区虹桥镇虹五村等在全国率先实行了村级集体经济股份合作制改革，将集体资产以股权形式量化到人，按股权进行收益分配，并建立完善现代企业治理结构。由此，上海和北京、广州三地，成为全国最早实行产权制度改革的城市。

当时，随着城市化进程的加快，近郊一些地区开始"撤村建居委"，"泥腿子"刚刚上岸，连"游泳"都不会，该如何应对开放的资本市场？如果把集体产权制度改革简单归结为"分资产"肯定要出乱子，"一拆就分"的后果很可能是"一分就光"。改革了，集体资产不能"一分了之"，集体经济更不能"散伙"。

从20世纪90年代初开始起步，一直到2010年，上海都处于探索阶段。直到2010年，全市一共才有40多个村完成改革，为什么改革的步子迟迟没有迈大迈宽？其中一个重要的原因在于现行体制下，股份制改革后的新经济组织大多是实体经济组织，有限责任公司也好，社区股份合作社也罢，不可避免的是：其股东按股份享受分红还要缴纳20%的红利税。

2011年，为了支持和鼓励基层开展农村产权制度改革，减轻改制负担，我参加了市委常委吴志明牵头的市委重点调研课题。在到北京等地广泛调研的基础上，2012年，上海市委、市政府出台了《关于加快本市农村集体经济组织改革发展的若干意见（试行）》，创设了经济合作社这一改革形式，由政府颁发证明书，并可凭证明书申领组织机构代码证，建立财会制度进行实体化运作。采取这种形式后，经济合作社中的成员可参照农村集体经济组织收益分配的形式，按份额享受收益分配，无须缴纳 20% 的红利税。正是有了经济合作社这一新型经营主体，促使该问题得以"破冰"，真正加速了改革的进度。

从两面"红旗"到"红旗"高高飘扬，对于上海而言，这条路走得既慢不得又急不得。"慢不得"，因为经过多年发展，村镇集体积累了巨额资产，这份资产不能继续产权不清下去；"急不得"，是因为对于具体操作而言，改革的复杂性，没有亲身经历过，就无法切实体会到。在这一点上，我感到我们准确把握了一个度。

一是坚持集体所有：推进改革的底线就是保持农村集体经济所有制的性质不能变，不能改小、改虚、改垮甚至改没了。二是坚持因地制宜：让农村集体经济有可持续发展能力。三是坚持农龄为主要依据：上海的创新在于充分尊重历史。四是坚持公开公平公正：阳光下运作，让每个农民看得见。五是坚持效益决定分配：要让鸡下蛋，不能图一时利益而"杀鸡取卵"。

集体资产收益分配不是改革的唯一目的，最根本是要建立产权明晰的集体产权制度。新型集体经济组织要建立成员的收益分配机制，年度收益分配要依据当年的经营收益情况，确定合理的分配比例，并建立以丰补歉机制。同时反复强调严禁举债分配。

03 意义

立法"破冰"，形成可推广可复制的经验

近年来，上海按照中央对农村产权制度改革的总体部署，重点对农村集体经营性资产进行股份合作制改革，明晰产权归属，将资产折股量化到本集体经济组织成员，发展多种形式的股份合作。据最新统计，至今年6月底，全市1677个村已实行产权制度改革的村近98%；完成改制的镇有62个，超过总镇数的50%。全市已完成改制的村都实行了村民委员会与集体经济组织事务分离、账户分设。2010—2017年已改制的集体经济组织总分红71.6亿元，惠及社员495万人次。

2017年11月23日，上海市十四届人大常委会第四十一次会议全票通过了《上海市农村集体资产监督管理条例》（以下简称《条例》）。我感到，这次《条例》立法对上海农村改革来说，具有里程碑的意义：一是通过立法，进一步贯彻落实相关法律法规以及中央、国务院、农业部关于加强农村集体"三资"管理、推进产权制度改革的文件精神，不断稳定和完善农村基本经营制度，增强农村集体经济发展活力，真正维护好、实现好和发展好农村集体经济组织和成员的合法权益。二是将上海市在加强农村集体"三资"监督和管理方面的政策措施、创新举措进一步巩固和深化，并通过法律的形式使之制度化、规范化、法制化。三是从法律的高度对本市农村集体资产监督管理体系和管理工作提出明确要求，促进本市农村集体资产监督管理工

作真正走上法制化轨道，立足于实践，起草的法律条款做到了具有前瞻性、指导性和可操作性。本次上海立法创新点主要体现在：不仅要管好眼前，还要规范未来；不仅要加强管理，还要注重监督；不仅要体现上海特点特色，还要形成可推广、可复制的经验。

04 启示
领导重视 形式多元 机制创新

改革是一项复杂的系统工程，说到底是利益的再调整。我感到上海的做法大致可以归纳为三点：一是形式多元化；二是创新改革机制；三是牢牢把握党委领导负责制。

郊区各区经济发展水平不一，推进改革的基础工作也不相同。在推进过程中，我感到必须因地制宜，倡导改革形式应该多样化。上海先后探索了有限责任公司、社区股份合作社和农村社区经济合作社三种改革形式。为促进改制后集体经济发展，上海明确村级集体经济组织要形成以物业租赁为主的盈利模式，乡镇集体经济组织在自身发展的同时，可受托管理村级集体资金资产，鼓励村集体经济组织以入股等形式参与经济开发，实现集体经济抱团发展。

任何改革，领导重视很关键。在推进产权制度改革过程中，上海形成了一套可复制、可推广的经验和制度安排。在业务操作层面坚持"四个原则"：因地制宜，选择符合自身实际的改革形式；程序规范，改革关键环节都严格遵照农业部和本市政策文件确定的程序予以推进；决策民主，坚持依法依规依政策，没有政策依据的事项可由村民集体经济组织成员代表大会民主决策；操作阳光，充分保障了成员的知情权、参与权、决策权和监督权。在工作推进层面建立"四个机制"："一把手"工作机制，建立目标考核机制，形成工作联动机制，建立财政保障机制等四个方面。

（刊于 2018 年 7 月 17 日《东方城乡报》）

以品牌农业建设助力乡村振兴战略

提升城市能级和核心竞争力是上海承担起新时代新使命的必然要求。作为超大型城市的有机组成部分，上海农业不能走大水漫灌式发展之路，而要以品质、品牌论英雄。农产品品牌是质量和信誉的承诺。在实施乡村振兴战略、推进农业供给侧结构性改革的进程中，加快农业品牌化建设越来越重要。从更大的框架来看，发展品牌农业也是上海"四大品牌"建设的应有之义，必须下功夫扎实推进。

改革开放以来，随着农业生产力的发展和人们生活水平提高，吃饱已不成问题。人们开始追求既要吃好，更要吃健康，农业由此转入质量为重的新阶段。与此同时，消费者对农产品的要求也越来越高，除了看卖相，也会看品牌。

作为超大型城市，上海农产品需求总量大、增长快，在农产品市场需求变化中处于引领地位。同时，上海农业经营组织化、规模化、标准化、产业化程度较高，上海人均收入又高于全国平均水平，市民消费能力强。由此，上海农业完全有基础、有条件率先步入品牌农业的新阶段。

发展品牌农业有利于促进农业提质增效。从产业特性来看，农产品是生物生产，农艺较难控制，产品的成分比较复杂，产品质量、功能相对工业品较难体现，优质优价也比较难实现。有鉴于此，加快农业品牌化建设尤为重要。

就发展规律而言，一个产业的经营主体往往会经历从少到多、再从多到少的过程。谁先打响品牌，谁就能占领市场，就能抢占制高点。上海农业体量小，农业要做强做精做优就必须更加注重品牌。要通过品牌化来统筹利用各类资源，拓展农业发展空间，提高农业经营效益。这是上海应对国内外市场挑战、增强农业综合竞争力的出路所在。

发展品牌农业是推进农业供给侧结构性改革的突破口。品牌创设是一套体系。对于优秀的农产品品牌来说，良好的生态、优质的品种、先进的技术、严格的标准、规范的农艺、科学的管理、现代的营销等要素缺一不可。这些要素的有机融合，是现代农业的特征。

应该说，近年来上海积极推进农业品牌建设，涌现了一批在市场上有影响力的农产品品牌，农业品牌附加值明显提高。但也要看到，一些地方的农业品牌建设有待加强，长远规划、整体设计和政策支持有待健全，农业品牌建设任重而道远。

新形势下，应围绕实施乡村振兴战略，积极践行创新、协调、绿色、开放、共享的新发展理念，以市场需求为导向，着力强化农业品牌顶层设计和制度创设，加快培育一批具有较高知名度、美誉度和富有市场竞争力的农业品牌。要通过打造一个品牌，带活一个产业，富裕一方百姓。具体来看，上海加强农业品牌建设可在以下几个方面下功夫：

注重强化科技创新，打好"特色牌"。上海农业科技实力较强，又有人才、资金等要素集聚的优势，有必要充分发挥这些有利条件，进一步推动农业绿色发展，积极推进农业科技创新，重点聚焦提升良种良法、节本增效、绿色生态、优质安全、健康营养等方面。同时，努力推进产品和服务创新，不断满足差异化、个性化、时尚化的消费需求。

注重拓宽产业链条，打好"融合牌"。例如，可出台促进乡村民宿发展扶持政策，对乡村民宿加强统筹规划、强化规范管理、优化发展政策，充分发挥乡村民宿在推动城乡和产业融合互动、促进休闲农业和乡村旅游创新转型等方面的积极作用。在此基础上，着力将乡村民宿培育成为繁荣农村、富裕农民的新兴产业，为城乡居民提供望得见绿、看得见水、记得住乡愁的高品质旅游体验。同时，强化农产品生产基地建设，大力发展农产品精深加工；探索区域公共品牌建设，整合相关品牌，放大和共享区域公用品牌带来的整体红利。

注重质量安全管理，打好"绿色牌"。按照将上海建成全国农产品质量最安全、最放心的城市的要求，必须把标准化作为品牌化的基础支撑来抓。要大力发展现代生态循环农业，使产地、产品的绿色生态美成为卖点。要加强农产品质量安全监管，加大农业标准的示范、培训和推广力度，加快农产品质量安全追溯体系建设。

注重挖掘品牌内涵，打好"文化牌"。挖掘农业品牌的历史文化内涵，在讲出农业好故事中标注"好吃、好看、好玩、好感觉"新高度。同时，积极创建和发挥重要农业文化遗产功能，注重产品包装设计，大力发展创意农业。

注重加强宣传推介，打好"营销牌"。要鼓励各区结合当季农业生产、农村风情风貌、乡土民俗文化等特色，举办丰富多彩的农业展会、产销对接会、农产品推介会、主题农事节庆活动等，大力宣传推介特色农产品。同时，进一步支持建立信息服务和网络销售渠道，引导优势农产品开展网上销售，使品牌建设搭上"互联网+"的快车。

（刊于2018年8月7日《解放日报》）

在大调研中捕捉"大鲤鱼" 破解利用闲置农房发展民宿瓶颈

一直以来，上海市民热切期待申城能打造出更多的乡村民宿，足不出"沪"就能享受"裸心谷""洋家乐"的美好体验。近日，上海出台了促进上海发展乡村民宿的政策文件，意味着市民和农民念兹在兹的乡村民宿瓶颈问题得到了破解。

对这一问题的调研，就像是一个捕鱼的过程，最终捕获了这条活蹦乱跳的"大鲤鱼"，我感触颇深。

五个"有"，必须"开捕"！

决定调研并解决发展乡村民宿的瓶颈问题，我的出发点是五个"有"——

市民有意愿：受制于地形，上海缺山，一到节假日，市民就热衷于奔赴江浙地区。人们熟知的莫干山"裸心谷"，住上一晚要四五千元，尽管价格不菲，节假日依然一房难求。对于这样的民宿，上海市民一直心驰神往，盼望本地也能满足需求。

农民有盼望：本地农民对开发农房的财产功能盼望强烈。目前，郊区约两成左右的农房闲置空关，另有约 50% 的农房为半闲置状态。调查显示，三成左右农民愿意将闲置房屋流转出来以增加收入。

社会资本有热情：上海现有民宿数量在 300 家左右，主要分布在青浦、崇明、金山、浦东、松江等纯农地区，比较知名的有金山嘴渔村民宿、浦东连民村民宿等。纵观这些地区的民宿，基本依托于社会资本的成功运作。

理论有支撑：2017 年，中央一号文件就提出要探索农村集体组织以出租、合作等方式，盘活利用空闲农房及宅基地。2018 年，中央一号文件再次提出，完善农民闲置农房政策，适度放活农民房屋使用权，是当前和今后一个时期深化农村土地制度改革的一项重要任务。

发展有基础：众所周知，上海地处江南水乡，有着丰富的自然和人文景观资源，民间传统文化源远流长，各种民俗活动也独具特色。同时，随着全市村庄改造和美丽乡村示范村的推进，村容村貌改善明显，不少乡村焕然一新，这为盘活闲置农房开发民宿奠定了基础。

寻找"鱼群"，发现问题

今年三四月间，我们奔赴郊区实地调研排摸发展乡村民宿的难点和堵点，召开了十余个专题座谈会，听取市、区、镇相关部门以及农民、市民和民宿业主的意见建议，问计于民、问需于民。

开展问卷调查：我们在浦东、青浦、奉贤、金山、松江等5个区所辖的304个保留村和保护村开展问卷调查，以了解当地农民开展闲置农房盘活经营的意向，探寻可能的途径方式。

形成调研报告：报告总结了当前上海部分郊区农村盘活闲置农房开发民宿的三种模式，指出民宿发展存在形态散、规模小、精品少、诚信差的问题，但也明确提出社会资本对投资农宅进行开发经营具有较高热切，经营民宿将会是拓宽农民增收的一个新渠道。调研显示，目前全市民宿客栈已形成了青西三镇、金山嘴渔村为代表的民宿聚落。上海的民宿已经慢慢聚鱼成群，但与江浙地区相比，尚存在比较明显的差距：

缺乏一个牵头部门主抓。

项目开发审批难。由于土地不能转性，用农宅办民宿办不了相关证照，如工商登记许可证。乡村民房通常不具备商业接待设施所需的消防设施和消防条件，在消防审核方面有很大困难。

配套设施不到位。将农民闲置房屋改造成民宿，需要更多依托村庄的整体环境和周边的旅游资源，规模化发展后还需要旅游设施用地作为保障，公共服务配套设施也需增加投入。

发展定位同质化、低端化。民宿发展特色不明显，缺乏故事性，遗失乡村性，难以实现可持续性。

动手"捉鱼"

活捉乡村民宿这条"大鲤鱼",挖掘独特的乡村价值,能有效激活农民闲置房屋这份"沉睡的资本",培育新的经济增长点。

形成合力,织网捕鱼:捕捉乡村振兴中发展民宿这条"大鲤鱼",需要我们编织更细更密的渔网,多部门实地调研后形成了《关于促进上海市乡村民宿发展的指导意见》。

聚焦重点,撒网捕鱼:

建立工作机制。成立全市乡村民宿发展联席会议制度,统筹协调推进乡村民宿健康发展,联席会议办公室设在市旅游局。

确定重点发展区域。按照集聚发展原则,明确民宿发展的重点区域。

明确经营用房范围。乡村民宿可以利用农村依法建造的宅基地农民房屋,村集体用房、农房、集体建设用地等资源。同时明确,单体建筑内的房间数量不超过14个标准间(或单间)、最高4层且建筑面积不超过800平方米。

优化证照管理主体。按照持续推进"放管服"改革要求,对符合条件的乡村民宿申请人,应依法核发营业执照、食品经营许可证等。

强化用地保障机制。明确盘活的农村建设用地指标,优先用于休闲农业和乡村旅游(民宿)配套设施等建设。针对符合相关规划的乡村民宿新建配套服务接待设施,可实行"点状"

供地。

加强事中事后监管。

乡村民宿发展是体现"绿水青山就是金山银山"科学思想最生动的实践,不仅可以调动社会资本对利用农宅投资建设的热情,又能为城市居民提供望得见绿、看得见水、记得住乡愁的高品质旅游体验,同时可以进一步拓展农民的增收渠道,真正实现多方共赢。

（刊于 2018 年 9 月 5 日《上海大调研》）

稻花香里沪味浓

入秋以来，来自郊区的上海新大米在沪上销售红火，市民们对此也是称赞有加。五常大米、虎林大米、苏北大米……这些大米在市民当中耳熟能详，但以往谈及本地自产大米，却少有人知，但如今情况正在改变。

今年最早一批上海新大米赶在国庆节前上市，被称为"国庆稻"，特点有三：鲜——从采收加工完成到摆上货架更快速，阴冷干燥贮存，味道更鲜；优——优选本地大米，生产企业精挑细选，种植过程严格把控，品质 100% 可靠；早——精选上海早熟水稻品种。

事实上，上海郊区农村素有"鱼米之乡"的美誉，水稻种植历史悠久。沪郊盛产的优质稻米，食味清香，口感软糯有弹性，特别适合上海市民的消费习惯。长期以来，郊区农民生产的稻谷主要交售给国家粮库，从而造成了只追求数量不重视质量的现状，也由此导致全市稻米集中度不高，品种多、散、杂，加工水平存在差异，市民对优质地产大米知晓度不高。同时，上海本地稻米产销分散，产业链不完整，一些企业没有营销大米的统一品牌，市场推广、质量监管、安全追溯等有待提升，上海人吃不到本地优质新大米的现象始终存在，属于典型的供给端与需求侧衔接不充分，亟需加快改革步伐。

从去年起，上海紧紧围绕打响地产农产品品牌，积极探索从"卖稻谷"到"卖大米"向"卖品牌"转变，力求使上海农业实现提质增效。

首先，增加优质米稻。从"卖稻谷"向"卖大米"转变，在郊区扩大推广种植国庆稻，利用本地大米与市场上其他品种大米"错时上市"的契机，推出上海本地品牌新大米。据悉，在去年的基础上，今年郊区各类优质米稻种植面积不断增加，参与的企业主体也明显扩大。

其次，开展推优评奖。为集中展示"卖稻谷"向"卖大米"的成果和进一步引导品质品牌意识，市与区农业主管部门通过大米品鉴活动，旨在挖掘上海地产优质农产品，找寻上海稻米在供给体系、标准加工、品种品牌等方面的不足，为地产优质农产品市场拓展做准备和铺垫。

通过"卖稻谷"到"卖大米"向"卖品牌"的转变，上海拓展稻米全产业链走出了第一步。据典型测算，卖大米产生的直接效益，销售价同比提高30%—50%，而间接效益是使水稻生产的亩均净收益明显增加。同时，通过本地大米品鉴评优活动，加快培育和遴选了"松早香""沪早香软""松香粳"等一批市民喜爱的稻米新品种，实现了本地稻米供给侧和需求侧的双向对接。

上海从"卖稻谷"到"卖大米"向"卖品牌"的转变，这是上海打响本地优质农产品品牌的有益实践，对助力上海乡村振兴意义非凡，启迪良多：

发展都市现代农业应紧紧围绕市民需求，促进农业由生产型向生产经营型转变。上海是一个超大型城市，具有巨大的市场需求，农业供给侧结构性改革必须紧紧围绕市场和市民的需求。同时，总结"卖大米""卖品牌"活动的成功经验，通过"打擂台"的形式，对地产草莓、瓜果、蔬菜、畜禽、水产等优质农产品进行系列品鉴评优活动，进一步拓展全市农产品的产业链。

发展都市现代农业应坚持品质优先，促进农业由数量型向质量型转变。从"卖稻谷"到"卖大米"到"卖品牌"，是坚持都市现代农业品牌、品质、品种"三品"战略的一项举措。品牌是灵魂、是引领，品质是关键、是核心，品种是保证、是基础，三者是统一的整体。当前，上海农业发展已经到了急需塑造一批农业企业品牌，以品牌战略满足人民对优质特色农产品需求的新阶段。未来上海农业不再以产量论英雄，必须坚持品质优先，紧紧围绕提质增效，促进农业增效、农民增收。

发展都市现代农业应更加注重生态发展，促进农业生产方式向绿色发展转变。上海农业应大力发展循环农业和生态农业，积极推广各类清洁生产技术，形成从农田到餐桌全过程可追溯的农产品质量安全保障体系，使上海成为全国农产品质量最安全最放心的城市。

上海米稻，上海味道。与众不同，从现在做起。

（刊于 2018 年 10 月 12 日《新民晚报》）

既打好持久战，又打好攻坚战

近日，《求是》杂志发表习近平总书记的重要文章《把乡村振兴战略作为新时代"三农"工作总抓手》。文章强调，我们要加深对这一重大战略的理解，始终把解决好"三农"问题作为全党工作重中之重，明确思路，深化认识，切实把工作做好，促进农业全面升级、农村全面进步、农民全面发展。

实现乡村振兴是前无古人、后无来者的创举，没有现成的、可照抄照搬的经验。因此，在推动乡村振兴的热潮中，如何把握内在客观规律显得尤为重要。

推进乡村振兴，必须坚持三大原则：一是注重以人为本。围绕农民群众最关心最直接最现实的利益问题，加快补齐农村发展和民生短板，让农民有更多的获得感、幸福感、安全感。二是发扬首创精神。乡村振兴要有活力，必须遵循农民群众意愿，遵循乡村发展规律，允许和鼓励基层因地制宜大胆创新。三是坚守基本底线。要坚持底线思维，防止犯颠覆性错误，不能把农村土地集体所有制改垮了、耕地改少了、粮食产能改弱了，更不能把农民利益损害了。

由于各种利益主体的出发点不一、诉求又不同，推动乡村振兴需特别注意辨别交织在一起的几组关系：

一是外在动力与内在动力的关系。

乡村振兴的关键是重构城乡关系，要真正让乡村和城市处于平等地位。只有这样，才能实现乡村的可持续发展。

乡村振兴需要各个要素的有机配合。光靠一种力量是搞不成的，也是不长久的。乡村振兴要有外力。外力进入乡村的好处是可以带来物资、资金、人力等。当然，谁能够活下去、活得好不好、活成什么样，外力只是一时的；起决定因素的还是乡村本身内在的力量、制度以及乡村的内在关系，包括乡村组织的运行效力。

因此，必须注意处理好乡村振兴的外在动力与内在动力的关系，让各种要素在乡村实行新的组合，并形成一套新的运行秩序，让人们愿意返乡、回乡、下乡，对乡村有念头和想头、有寄托和期盼。这可能比各类经济指标显得更为重要。

二是整体推进与重点突破的关系。

推动乡村振兴，既要打好持久战，又要打好攻坚战，做到全局和局部相配套、治本和治标相结合。

一方面，要科学统筹和增强各方面措施的关联度、耦合度；另一方面，要抓住矛盾的主要方面，寻求重点领域、薄弱环节的突破，以重点突破带动整体发展。

例如，在发展现代农业方面，重点应围绕为特大城市提供特色、优质的地产农产品。又如，在改善农村面貌上，必须啃下推进农民居住相对集中这块硬骨头。在推进过程中，要避免两种做法：一是排排坐、吃果果，机械撒胡椒面的做法；二是完全依赖公共财政资金，用钱砸出来的样板。

还应想明白，乡村振兴是整体上的振兴，但并不意味着所有乡村都一定要保留和振兴。城镇化条件好、已经规划建设的村，可以因势利导上楼，进一步融入城市建设体系；有条件的、基础好的特色村，应重点建设，着力做大做强做特色，并鼓励周边乡村向其靠拢乃至合并；基础条件很差、地处偏远的村落，则应另谋良策，要将有限的资金、人力、物力用在刀刃上，防止重复浪费投入。

三是长期目标与短期目标的关系。

从长期来看，要按照实施乡村振兴战略的总要求，落实农业农村优先发展方针，构建可持续发展的长效机制，实现农业全面升级、农村全面进步、农民全面发展。

从短期来看，要紧密结合实际，确定阶段性目标，建设"三园"（美丽家园、绿色田园、幸福乐园）工程，稳步推进农业农村现代化。

当前，最急迫的是对标全面建成小康社会硬任务，对标最好地区、最高水平，加快补齐"三农"发展短板。其中，既要有"功成不必在我"的精神境界，也要有"功成必定有我"的历史担当。

要坚持因地制宜，根据既定目标制定时间表、路线图，做到科学规划、分步实施、注重质量、从容建设、有序推进。要树立正确政绩观，一件事情接着一件事情办，一年接着一年干。

四是农业价值与乡村价值的关系。

农业是多功能的，既有"胃"的功能（保障鲜活农产品应急供应），还有"肺"的功能（改善环境、旅游休闲），更有"肾"的功能（城市生态屏障）。农业的这些功能大多是无偿向全社会提供的。随着产业经济部门的属性不断弱化，农业正日益成为一个社会公共部门。从这个意义上讲，农业是一项公益产业，存在很强的外部性，农业的贡献绝不仅仅是 GDP 的问题。

在推动乡村振兴的大背景下，农业跟其他产业的关联度会提高，不是简单的一二三产业融合，而要提升整个乡村的要素价值，如文化历史遗产、自然人文环境等。这些东西是乡村"活"起来的重要因素。

由此，我们要重新认识和发现乡村的功能、价值，从关心农业价值提升为关注乡村价值。乡村有不可替代性，其价值也是多功能性的，具有生活、生产、生态"三生"空间功能以及传承文化、旅游休闲的特殊功能。国际经验表明，乡村是特大城市的稀缺资源。有了村的肌理、城的品质，才能守住美丽的底色。

五是政府主导与农民主体的关系。

在推动乡村振兴的过程中，政府需在生态治理、环境治理、基础设施建设等方面发力，为乡村发展提供更好的硬件环境；开展规划布局、业务指导、财政支持，为乡村发展提供理念和方向引导；政策、制度创新和改革需不断推进，为乡村发展提供制度保障。

乡村振兴切忌"等靠要"，应鼓励村民自治，鼓励社会公益组织、社会力量和行业协会介入。要把更好发挥政府主导作用与充分发挥农民主体作用结合起来。一方面，政府要将职能落实到位，引导市场主体积极参与乡村振兴，提高乡村振兴的效率和质量；另一方面，要尊重农民意愿，让群众自主选择振兴什么、怎么振兴。

在此过程中，政府既要做到尽力而为，又要做到量力而行；既要防止缺位，更要防止越位。不能代替农民包办一切，避免出现"政府急、农民闲"和"干部干、群众看"等现象。

六是产业兴旺与生态宜居的关系。

产业兴旺是乡村振兴的经济基础。产业良性发展，才能留得住人、吸引住人。乡村衰败，一个重要原因就是缺乏产业支撑。产业兴旺不能局限于第一产业的发展，而应着眼于"接二连三"以及现代农业产业的发展。乡村空间还要与服务业、城镇化相结合，推动产村、产镇、产城融合。

生态宜居是乡村振兴的环境基础，不仅是针对乡村百姓的宜居，也应是对城市居民开放、城乡互通的生态宜居。产业兴旺与生态宜居，一定意义上是"绿水青山"与"金山银山"的关系，二者之间不是矛盾对立的，而是辩证统一于绿色发展之中。要把产业兴旺和生态宜居有机结合起来，使生态宜居既成为生活富裕的重要特征，又成为产业兴旺的重要标志。

在推动乡村振兴中，要强调"差异化"和"多功能"，坚决防止片面追求乡村产业规模，坚决避免把乡村看作城市之外的又一个生产基地，还要坚决摒弃以牺牲生态环境为代价换取一时经济增长的短视做法，不能走先污染后治理的老路。

七是城镇化战略与乡村振兴战略的关系。

城镇是集聚人口、资金、技术的地方，是一个地域的经济增长极。城镇化是现代化的必经之路。没有城镇化发展，"三农"问题的解决不能想象。但无论如何发展，不可能让绝大部分人都到城里去。一般认为，东亚地区的人具有浓厚的乡村情结。无论城镇化如何发展，"不能只顾一头，不顾另一头"。

推动乡村振兴战略，不是关起门来搞乡村建设，"就农论农"，而要坚持以工补农、以城带乡、工农互促、城乡互补，实现城乡共同繁荣。换言之，乡村振兴本身就蕴含着城镇化的元素，乡村振兴战略与新型城镇化战略是"你中有我、我中有你"的关系，是双轮驱动，是携手前行的"哥俩好"。

乡村振兴的重点既在乡村，又在乡村以外。要拓宽实施乡村振兴战略的视野，建立城乡一体、城乡融合、互促共进的体制机制和政策体系。要避免把城乡建设割裂开来，确保城市有城市的气质、乡村有乡村的风情，实现各美其美、美美与共。

八是传统文化与现代文明的关系。

乡村要振兴，不仅是建建楼、修修路、刷刷墙，更重要的要留住传统文化的根。乡村承载历史文化，是传统田园文化的重要载体，是现代生态文明的重要基石。那些去农业化、去农村化的思想，实质上是传统工业文明思维在作祟。

乡村是传统文化的根。如果破坏了这个根，失去了这个基础，乡村只能走向衰败。在乡村振兴中，一定要留得住"青山绿水"、容得下乡村民俗、记得住乡愁乡情。要让这些文化元素和现代文明交融，成为展现与传播山水美、人文美的重要场景，成为讲好乡村故事的重要情节。

（刊于 2019 年 6 月 4 日《解放日报》）

乡村振兴需避免"干部干、群众看"

乡村振兴事关上海城市未来发展，事关广大农民对美好生活的向往。乡村是大都市的重要稀缺资源，是城市核心功能的重要承载地、城市能级和核心竞争力的战略空间、大都市的生态屏障。

上海的乡村建设应避免重复浪费建设。要紧紧牵住规划这个牛鼻子，进一步发挥生态涵养、市民休闲等多元功能，建设城乡居民共享的、可持续发展的乡村。其中，区位应该是优越的，交通应该是便利的，生态环境应该是良好的，基础设施建设和基本公共服务应该是完备的，如果有历史文化底蕴就更好。

从这个意义上说，不是所有的乡村都要全面振兴。同时，设施建设不在于多，而在于精、在于有品位，要保持乡村自然肌理、传承独特传统文化；要以要素双向流动和人的融合为核心，在打破城乡壁垒、促进城乡融合发展上加大探索力度。

上海有基础、有条件实现农业高质量发展，必须坚持有所为有所不为，走提质增效之路。要坚持开放的理念，把农业科技打造成"一把尖刀"，使之在全国农业现代化建设中真正发挥示范引领作用。

要围绕发展高效生态农业这一中心，坚持质量优先、保持生态底色，在农业高精科技、市场物流、大数据信息化三大领域实现重大突破：农业科技方面，可充分利用上海建设科创中心的优势，集中力量打造种源农业、生物医药农业；市场物流方面，可充分利用好上海贸易、经济中心的优势，走"两头在外、一头在内"的发展之路；大数据信息化方面，可大力发展智慧农业，包括人工智能农业。

在发展理念上，应强化全产业链的建设理念；在发展功能上，应由偏重城市供给功能向多功能转变；在战略决策上，应从"撒胡椒面"似的均衡战略转变为突出重点建设的非均衡战略。

应对乡村衰落，国外大都市有哪些做法和经验

伴随工业化、城镇化发展，乡村相对衰落是全球面临的一个普遍问题，如农村劳动力与人口流失、农村经济与农民收入增速放缓、城乡发展失衡等。

由于不同国家、地区之间自然资源禀赋、文化传统及经济制度、发展阶段差异巨大，乡村建设和现代农业发展模式也不尽相同。下面，列举一些国家的做法。

为了激发乡村自治组织与农民的活力、带动农民参与乡村振兴建设，日本于1961年颁布《农业基本法》。最核心的政策措施是通过国土再造与工业下乡，在推进农村交通、卫生、文化等基础设施建设及改善农村环境、均等化城乡公共服务的同

时，推进农民就业与农业兼业化，进一步增加农民收入。

到 20 世纪 70 年代，日本基本实现了城乡收入均衡的目标。20 世纪 80 年代以来，贸易自由化与市场开放对日本农业的冲击有所加剧。为此，日本采取更加全方位的乡村振兴政策，进一步重视发挥农业的多功能性，推进"一村一品"与六次产业化，以城乡融合发展来提升产业竞争力。同时，对区位条件劣势的地区加强补贴支持，因地施策激发农业农村活力，延缓了乡村的衰退。

韩国的乡村振兴实质上是一场脱贫致富运动，其经验可归纳为环境整治型乡村发展模式。

20 世纪 70 年代，伴随韩国经济高速增长，工农收入差距迅速扩大。1970 年至 1980 年，韩国先后实施侧重于改善农民基本生活条件、居住环境的"新农村运动"和以区域均衡政策、社会均衡政策、产业布局政策为主的第五个"五年规划"。这些政策的实施，有力推进了农业农村基础设施建设、农业综合开发，农民收入得以增加，韩国乡村得到振兴。

欧盟乡村振兴的经验可归纳为生态保护型发展模式。该模式的特点主要体现为，乡村不仅是农业生产之地、农产品供应之源，而且在满足社会对乡村宜居性、多功能性等需求方面发挥着重要的作用。

总的来看，国外乡村建设模式具有一些共同经验：第一，乡村振兴发展需要在政府引导下，充分发挥乡村的主体地位，激发乡村发展的内生动力；第二，对不同类型的乡村采取差异化支持政策，要紧扣地方特色，打造特色品牌，完善乡村基础设施与公共服务；第三，注重乡村产业发展，不断振兴农村经济；第四，根据农村发展的不同阶段，确定不同的政策目标，并采取不同的政策工具，做好政策衔接；第五，通过立法确保各项支持政策的落地实施。

具体到大都市里的乡村，一条重要经验就是生态宜居。在英国伦敦，绿化及水域覆盖率达到66%；郊区整体上就是一个大花园，乡村小镇古朴典雅、错落有致，非常生态宜居。在日本东京都，至今还保留超过50万亩的农地，承担着不小的农业生产功能。

伦敦、东京的郊区本质上是生态宜居的城市居民社区，住在乡村的主要是有产阶级，真正的农民很少。大量非农业人口居住在乡村，不仅优化了乡村人口结构，而且提高了乡村经济社会的发展水平。

英国人把住在乡村、回归乡村作为人生一大追求，日本也出现了新一轮回归乡村潮。其共同做法是：

一方面，加强历史和风貌管控。英国对土地发展权进行深入界定和合理规范，按照规划和法律等严格管理；日本先后采取立法、体制、机制和政策工具，改善乡村配套服务，解决好发展不均衡问题。

另一方面，注重完善乡村整体功能，包括实行农业经营专业化、推进城乡功能互补、增加乡村就业机会等。

在英国与荷兰，农民为什么不是一般人能当的

通过上面的介绍，基本可以解答"大城市要不要乡村振兴"这个问题。那么，应该如何振兴呢？在乡村振兴中，农业发展是根本。目前，世界上发达国家的农业现代化主要有三种模式：

一是美国模式。

美国是世界上耕地面积最大的国家，人均耕地 0.7 公顷（相当于 10.5 亩）。"一个农民可以耕作上万亩土地，用飞机喷洒农药，用卫星种地，用转基因技术解决病虫草害问题，然后通过长途运输，将所产生的农产品运往全国各地乃至全世界"，这是美国大农场的缩影。农业已经成为美国产出效益第二好的产业。

二是荷兰模式。

荷兰农业条件并不好，气候阴冷潮湿，光照时间少。同时，人均耕地只有 1.3 亩，27% 的耕地和 60% 的人口处于海平面以下。靠着前辈修建的长达 2400 公里的防潮大堤，才把耕地保护下来。然而，荷兰农业却创造了奇迹。

荷兰农业劳动力占全社会劳动力的 2%，农业增加值却占到了 GDP 的 4%，出口占总出口的 25%。全国农业劳均产值 4 万多欧元，劳均出口 3.3 万美元，第一产业劳动生产率和农民收入均高于第二、三产业。农业成为大把赚钱、大量缴税和大批出口的摇钱树，成为国民经济的支柱产业。

三是日本模式。

与欧美相比，日本的农情和中国特别是上海更加接近。在

寸土寸金的国际化大都市东京，23 个区都有都市农业，郊区更是承担了不小的农业生产功能。

日本的都市农业以 2% 的农地提供了 8% 的农业总产值。同时，农业的生产生态、抗灾防灾、文化传承、休闲体验等多元化功能表现得淋漓尽致。特别是，市场上所有代销的农产品都经过精心包装，印有产品名称、产地、生产者姓名。

可见，发达国家都市现代农业的显著特征是优质高效。生产的农产品是高品质的，交易的渠道是畅通的，生产的方式是绿色生态的，整个产业是高效率的。具体的经验有：

一方面，依托高科技支撑。日本重视利用人工智能、云计算等，实行农业全自动化管理；利用手机 App 操控，实现农田灌排水自动化；水稻播种、收割等环节，广泛采用无人机械。荷兰大力发展种源农业，利用基因技术在蔬菜、园艺新品种育种等方面走在世界最前沿。测算显示，荷兰温室蔬菜彩椒单位产量高达 50 公斤 / 平方米，1 公斤番茄种子价格远高于 1 公斤黄金。

另一方面，实现全产业链增效。始终贯彻大农业、大食品的理念，推进农林牧副渔结合，坚持农业与其他产业跨界融合发展，做到产学研一体化，通过延伸产业链不断提升价值链。

比如，荷兰的"绿港模式"，从种子、育苗、生产到加工、贸易、物流、金融，农业关联产业高度集聚，形成了上下游紧密联系，一二三产业贯通的全产业链。同样，日本大力倡导一二三产业融合的六次产业发展，2017 年六次产业总额达 3.9

万亿日元（约合 2500 亿元人民币），年均增幅 4%。

农业发展关键是农民。与一般认知不同，国外大都市农民的共同特点是高素质、职业化。"农民不是一般人能当的"，这句话一点也不夸张。在荷兰，只有取得农业大学毕业证书即绿色证书的人，才有资格成为农民。英国明确规定农民从业的学历门槛，持有《专业资格证书》《农民师傅证书》的人才能经营管理农场和招收学徒。

有限的资金、人力、物力，怎样才能用在刀刃上

对标国外大都市乡村发展和现代农业的高标准，上海的乡村振兴究竟该如何定位？

应当明确的是，必须保留大片的农用地和田园风貌，为上海建成具有世界影响力的社会主义现代化国际大都市擦亮生态特色、筑牢绿色底色。为此，要把江南乡村优秀文化遗产和现代文明要素结合起来，把保护传承和开发利用有机结合起来，塑造新的发展动能。

同时，上海有条件、有基础使农民在新型职业化上走在全国前列。上海城市对乡村各类要素的虹吸效应十分强烈，因此必须看准农民职业化、农村居民非农化大趋势，率先形成职业农民制度，推出吸引高素质非农居民的系列举措。要积极创造条件，率先建立有知识、有文化、懂技术、善经营、会管理的职业农民制度；要畅通城乡间人才要素双向流动渠道，吸引、

留下、储备更多高素质的农村居民，使乡村更具活力；要制定鼓励政策，吸引一大批高素质人员从事农业全产业链经营，突破人才瓶颈。

进一步来看，科学谋划超大城市的"三农"现代化发展，需处理好三对关系：

一是政府主导与农民主体的关系。

推动乡村振兴，政府要起主导作用。在规划布局、业务指导、财政支持等方面，政府要提供理念和方向上的引导、资金政策上的支持，为乡村发展提供制度保障。

但是，乡村振兴的根本是农民的振兴，建设农业农村现代化最忌"等靠要"。应鼓励村民自治，鼓励社会公益组织和社会力量、行业协会介入，把更好发挥政府主导作用与充分发挥农民主体作用结合起来。

一方面，政府要发挥有形之手的作用，将职能落实到位，引导市场主体参与建设农业农村现代化，提高乡村振兴效率和质量。另一方面，要尊重农民意愿，让群众自主选择振兴什么、怎么振兴。政府既要做到尽力而为，又要做到量力而行；既要防止政府缺位，又要防止政府越位，代替农民包办一切。归根结底，要避免出现"政府急、农民闲"和"干部干、群众看"等现象。

二是整体推进与重点推进的关系。

推动乡村振兴，需要全局和局部相配套、治本和治标相结合。农业农村的现代化，既要打好持久战，又要打好攻坚战。

一方面，要科学统筹和增强各方面措施的关联度、耦合度，全面推进乡村振兴；另一方面，要抓住矛盾的主要方面，寻求重点领域、薄弱环节的突破，以重点突破带动整体发展。

例如，在发展现代农业方面，要紧紧围绕为大城市提供特色优质的地产农产品；在改善农村面貌上，必须啃下推进农民居住相对集中这块硬骨头。

在实施过程中，要注意避免两种做法：一是排排坐、吃果果，机械地刷墙、美化、绿化等"撒胡椒面"做法；二是完全依赖公共财政资金，集中用钱砸出样板，既学不像、学不起，也起不到示范作用。

还要想明白，城镇化条件好、已属于规划建设的村，可以因势利导融入城市；有条件的、基础好的特色村，应该做大做强，并鼓励周边乡村向其靠拢乃至合并；基础条件很差、地处偏远的村落，则有必要另谋良策，不要花冤枉钱。要将有限的资金、人力、物力用在刀刃上，防止无谓的重复浪费投入。

三是长期目标与短期目标的关系。

推动乡村振兴战略是一个系统工程，既要制定长远规划和战略目标，又要设置阶段性任务和短期目标。

从长期来看，要按照实施乡村振兴战略的总要求，落实农业农村优先发展方针，构建可持续发展的长效机制，实现农业全面升级、农村全面进步、农民全面发展。

从短期来看，要紧密结合实际，确定阶段性目标，建设"三园"（美丽家园、绿色田园、幸福乐园）工程，稳步推进农业农村现代化。当前，最急迫的是要对标全面建成小康社会硬任务，对标最好地区最高水平，加快补齐"三农"发展短板。既要有"功成不必在我"的精神境界，也要有"功成必定有我"的历史担当。

要坚持因地制宜，对实现既定目标制定明确的时间表、路线图，做到科学规划、分步实施、注重质量、从容建设、有序推进。要树立正确政绩观，一件事情接着一件事情办，一年接着一年干，防止走弯路、翻烧饼，更不能一哄而上刮风搞运动、层层加码盲目求进度。

（刊于 2019 年 7 月 23 日《解放日报》）

迎接新时代　走进新乡村　讴歌新生活

近来，浦东新区惠南镇海沈村好事连连，特别是伴随着成功创建上海市乡村振兴示范村，海沈村名副其实成了网红打卡地。

中央电视台《走进乡村看小康》栏目也走进了海沈村，称赞海沈村发展乡村游，既保留了乡村野趣，又新增了都市人喜欢的文艺气息，吸引了大批年轻人："现在有许多许多年轻人又回到了乡村，让大家看到一个跟你印象中不一样的乡村，感受一下现在新时代的乡村是什么样子的。"

海沈是个地铁村。海沈村因海而生，G1503绕城高速穿村而过，村内设立轨道交通16号线惠南东站，是为数不多的地铁直达村，多条公交线路串联起海沈村和惠南城区，对外交通十分便捷。

海沈是个奥运村。海沈村是两届场地自行车奥运冠军钟天使的家乡，惠南镇以此契机打造了一条"骑迹乡村·自在惠南"骑行文化线路，以海沈村为核心，骑行和漫步已成为串联乡村社区生活圈的重要方式之一。

海沈是个西瓜村。海沈村是沪上知名农产品品牌南汇8424西瓜的重要产区之一。

得益于乡村振兴示范村建设，正是沧海桑田变模样：

在海沈，绘就了诗一般的田园画卷，实现房屋、桥梁、景观与田园的和谐统一，形成"水、田、林、宅"和谐交融的乡村空间肌理。

在海沈，一系列乡村活动让人眼睛一亮：草坪电影、篝火晚会、轮胎创意大赛、稻田音乐会，具有浓郁乡愁的"海沈记忆"被挖掘并发扬光大。

在海沈，一批批乡村规划师、设计师、运营师以及乡村创客近悦远来，一批批广受欢迎的生活服务项目陆续建成并投入运营，营造了"建筑可阅读、稻田可漫步、乡村有温度、生活有归处"的沪乡新生活美好场景。

在海沈，沪乡第一首村歌《潮起之地》已经唱响，沧海桑田，耕读传家，都市村庄，骑行圣地，文旅沪乡，勤劳淳朴的海沈人，以梦为马迎着朝阳又出发！

如画的风景，甜蜜的事业，悠扬的歌声——海沈是上海推进乡村发展的一个缩影。

乡村是上海面向未来发展不可或缺、无法替代的珍贵资源。上海的发展离不开乡村，正是有了乡村的滋养，城市才能生生不息、持续发展。

海沈村创建乡村振兴示范村，魂在软实力，魅力在软实力，可持续在软实力。可以说，上海超大城市软实力包括了沪乡乡村软实力。今年六月召开的市委全会提出要发挥好大都市乡村靓丽底板功能，凸显农业农村的经济价值、生态价值、美学价值，把乡村打造成为大都市的后花园，让珍视乡村、回归乡村、建设乡村成为新潮流。

大家有目共睹的是，近年来，上海乡村振兴的显示度日益提高。各部门、各涉农区在"硬实力"上下了不少功夫。下一阶段，应同步加快提升乡村振兴"软实力"。那么，沪乡乡村振兴的软实力究竟有哪些？答案是提升"五力"：

组织策划力。抓牢战略策划，编制实施乡村振兴战略的综合性、全局性规划，以及充分发挥社会智库的参谋和智囊作用，搭建乡村振兴的"四梁八柱"。紧盯战术策划，以"不策划不规划、不规划不设计、不设计不施工"的理念实施重点项目。提供制度支撑，确保相关扶持政策保障到位。

产业竞争力。发展体验农业，加快乡村产业融合，延伸产业链，提升价值链，让传统农业在快速转向现代农业的同时衍生出多元化功能，让农事体验成为一种现代产业发展和实现市民旅游休闲的常态。发展品牌农业，通过挖掘、培育、发展地产特色农产品，增强市民对地产农产品的信赖度和感受度。

环境吸引力。塑造具有江南水乡肌理和韵味的乡村自然景观、人文景观，让"七分白、三分黑"的建筑风貌和水清岸绿的生态环境给广大民众以美的享受，体验与城市不一样的生活休闲情趣。增加农村的居住舒适度，打造生产、生活、生态相互融合，功能、形态、环境相互促进的新空间，让绿色乡村成为城市发展最动人的底色。

文化影响力。保护历史风貌，对历史文化名村、古建筑、文物古迹等保护和开发利用，品读江南乡村的历史文脉。传承非遗文化，继承弘扬郊区传统手工技艺、说唱表演、非遗文化，从视觉、嗅觉、味觉、听觉、触觉等不同角度感受江南乡土气息。开展节庆活动，举办各类涉农主题的休闲娱乐活动，打造有地方特色的农民丰收节、乡村民宿等，讲好故事、唱响村歌，发展乡村体验经济，唤醒市民过往的美好记忆。

人才创造力。激发创新创业，吸引有志青年投身乡村施展才干，让乡村成为涉农领域科技创新的策源地。形成头雁效应，通过人才集聚实现产业集群、升级换代，使之成为新经济的增长点，新业态蓬勃发展的蓝海。发挥乡贤作用，通过引导乡贤回归乡梓，将城市的资金、资源、经验等更多向乡村辐射，加快实现城乡融合发展。培育能工巧匠，培育和凝聚一批符合乡村生产生活需求的手艺人、大师傅，使之成为乡村发展的顶梁柱。

在夯实硬实力的基础上，全面提升软实力，让乡村振兴硬实力和软实力互动并进、相得益彰。引领乡村新发展，营造沪乡新生活。这是海沈村建设乡村振兴示范村的探索实践给我们的启迪。

（刊于 2021 年 9 月 17 日《新民晚报》）

大城市的发展不能忽视农业

大城市究竟要不要农业？在经历过抗击新冠肺炎疫情的大考后，再回答这样的问题显然明确多了。

农业是生命产业，是不可忽视、不可替代和不可或缺的。在快速城市化、工业化进程中，尽管农业在国民经济中的比重会逐渐降低，但农业的基础地位是不可动摇的。"秤砣虽小压千斤"，没有农业的城市是没有生机的城市。因此，我们丝毫不能因大市场、大流通而忽视地产农产品供给，更不能因农业比较效益低而放弃农业。

由此，笔者还想起曾问答过这样一个趣味问题：世界人口越来越多，耕地面积越来越少，未来吃什么？未来食物从何而来？大家的答案各有千秋。民以食为天。实际上，近年来城市居民越来越意识到，将农业引入阳台、屋顶、社区等，通过打造有别于传统农业的现代绿色计划，不仅可以创造出更多功能性公共空间，还可以缓解气候压力、食物短缺，为城市创造出一个可持续的全新发展愿景。

笔者曾在日本大阪农林中心研修，进行了街头问卷调研。75.2%的市民认为只有有了城市农业，才能使人们深切地感受到四季的变换；68.5%的市民认为城市农业创造了绿色，农业已是城市的一个有机组成部分；58.0% 的市民认为城市农业为市民提供了安全、新鲜、优质的鲜活农产品；46.8% 的市民认为在城市农业中的作物生长、食品生产对孩子有陶冶情操的教育功能；43.8% 的市民则赞同城市农业具有防灾抗灾（如地震等）的功能。调查表明，大都市农业具有明显的多功能性。

当前我们尤其需要对大城市的农业功能进行重新审视，城市农业具有明显的多功能性，除了向人类提供更多、更好的特定产品以满足不断增长的基本需求外，还承担其他日益增多和不断扩大的经济、社会、生态功能。大家形象地比喻为城市农业既有"胃"的功能（保障鲜活农产品应急供应）、"肺"的功能（改善环境、旅游休闲），更有"肾"的功能（城市生态屏障）、"脑"的功能（文化传承），而农业的这些功能大多是无偿向全社会提供的。

城市需要农业，农业依托城市。在充分肯定经济增长和城市发展给城市农业带来巨大益处的同时，我们不能忽视城市农业面临的发展困境，如环境污染对城市农业的影响、改变用地功能带来"暴富"的诱惑等。因此，应将城市农业发展纳入整个城市发展的总体规划，并通过制定法律规章，切实对城市农业予以保护。同时，城市农业既要体现城市性，又要体现农业性。一方面，城市农业最基本的特点是城市性，没有城市的带动和影响，就不存在城市农业。另一方面，城市农业还要体现农业特色，突出农村生活风貌和丰富乡土文化内涵。一旦失去了"农"味，那也不是城市农业。大都市农业是一项复杂而系统的工程，单靠农业农村部门自身是难以实现的，必须靠全社会的共同努力。

（刊于 2022 年 10 月 24 日《农民日报》）

辑二

绿色柔情

让绿色天长地久

——荷兰温室蔬菜专家阿里印象记

和荷兰蔬菜专家阿里·哈特曼相见是在东海农场蔬菜基地那宽敞明亮的玻璃温室里。

隆冬时节,室外时有阵阵寒风,室内却是春意融融。荷兰黄瓜叶片肥大油亮,一条条厚实的黄瓜齐整整地生满枝间,煞是好看。今年53岁的阿里正忙着查看黄瓜的长势,也许是长年劳作的缘故,阿里看上去有些见老,但很有精神。他向我们介绍说,防治因高湿而引发的病害是温室蔬菜栽培的难点之一,他已成功地采用加温降湿的办法预防和控制了黄瓜病害。

荷兰是世界上有名的温室农业大国。阿里从农业学校毕业后便开始经营家庭农场,也曾拥有一幢温室。1982年起,他辗转世界各地帮助指导蔬菜生产,传播温室栽培技艺,积累了丰富的温室栽培经验。去年9月,荷兰CMO公司经过层层筛选,聘请他来上海指导温室蔬菜生产。阿里一到农场,便吃住温室基地,几乎没有节假日、休息天。从电脑程序设计,到日常栽培管理,他天天扑在温室上,对一些细小的问题也不放松。阿里认为,上海的气候环境条件与荷兰以及其他国家都不相同,有不可知的领域要探索，这是一个十分有意义的挑战。

　　确实，在上海，现代化的温室蔬菜栽培是个新课题，为了让基地的科技人员尽快掌握技能，阿里每天上午在基地上给大家讲半个多小时的课。遇到有人请教问题，他总热情指导、悉心讲解。他也常常注意听取中方专家的意见，兼容并蓄。难能可贵的是，他还十分支持基层的科技人员进行基质、品种等各种不同的对比试验，摸索积累栽培技能，以加强消化吸收温室技术和经验。阿里说，他在上海最大的心愿是要让绿色天天延续下去。无论是过去的科威特、俄罗斯还是今天的中国上海，他的大半辈子都在和温室打交道，为人们传播着一片片绿色。而最令他欣慰的是，一同和他来上海的儿子也子承父业，一起干上了传播绿色事业这一行。

（刊于 1996 年 12 月 20 日《解放日报》）

"温室就是我的家"

——以色列援华专家奥佛印象

都说奥佛为人和气，没有外国专家的架子。见面果然如此，当我们说明来意，奥佛便伸出大手连说欢迎。

四十来岁的奥佛一米八〇的大个子，笑眯眯，浑身充满热情。来中国前，奥佛是以色列一家种子公司的部门经理，已与蔬菜和温室打了 20 年交道，受 AVI 公司的聘请，于今年 5 月来上海南汇温室基地负责蔬菜生产技术指导。温和的奥佛对工作丝毫不含糊，一到南汇，便投入了紧张的温室安装工程。为了确保工程顺利进行，他和其他专家一起制定了有序的计划，按月按周按日逐一实施。在搞好指导、做好协调的同时，奥佛天天泡在工地上一起参加温室安装，并进行检查，发现问题及时指出纠正。收工后再和大家开个碰头会，总结一天来的工作，安排第二天任务。

对援华的外国专家，南汇县予以热情而周到的安排。原先奥佛一家住在县城宾馆，随着工程的日益进展，奥佛一天也住不住了，他再三提出："让我在基地安个家，离温室近些、再近些。"9 月份起，奥佛便住在基地上，从此更是一心扑在温室上。

每天早晨六点，他总是最早起床为温室开窗、给秧苗灌水。晚上临睡前，他都要在温室里转一圈，看看螺丝是否松动，查查薄膜是否盖好。这几天，番茄、黄瓜都已移栽，他更忙了。奥佛说只有天天看到温室、触摸到温室，心里才踏实。上海和以色列不一样，水多、温度高、日夜温差小，因此更得花精力。只有人在第一线，才能解决突发问题。即便难度再大，也要尽心搞好。

和奥佛一起工作的南汇同志向我们透露，奥佛工作上细致认真，技术上善于博采众长，而在饮食生活上却十分随和，有时将就吃些方便面后又钻进了温室。交谈中，奥佛笑眯眯地说温室是他的家。我们则接上话茬称番茄、黄瓜就是他的儿女。奥佛笑了，大家都笑了……

（刊于 1996 年 12 月 24 日《新民晚报》）

致力于有机蔬菜的栽培

——记门田直之和他的锦菜园

和门田直之总经理相见是在他经营管理的锦菜园。绕场巡看，200 来亩菜田被管理得井井有条，各类绿色蔬菜正茂盛地生长着，沟边畦旁竟找不到一根杂草。门田告诉我们，锦菜园栽培的蔬菜最近获得了中国环境保护总局颁发的转换期有机蔬菜许可证，这为 3 年后正式获得有机蔬菜认证打下了基础。

门田四十开外，细高个，浑身充满了热情。来松江新桥从事有机蔬菜栽培之前，他所在的义济堂公司则是专业从事绅士服装生产和销售的。今年 2 月公司高层决定另辟蹊径，承租了松江新桥蔬菜园艺场，建立了锦菜园，以生产美味可口的蔬菜为目的，开始了完全不使用化学肥料和农药的有机蔬菜栽培工作。

门田介绍说，近年来世界上不少发达国家和地区开始探求农业返璞归真，有机蔬菜栽培是一项极富挑战的新工作。目前全日本有机蔬菜栽培面积约占蔬菜栽培总面积的 1%。上海菜区实践有机蔬菜栽培还是头一回，因此对他这个学经济的外行来说，困难还真不少。但是凭着锦菜园员工的团队精神，还是逐一克服了。首先，有机蔬菜栽培一概不使用化肥，锦菜园引进了日本发酵技术，把猪粪、牛粪、鸡粪及稻草混合堆积，再经6个月发酵，去除杂菌，制成特殊肥料，解决了作物生长用肥。其次，上海地区多雨高湿，病害容易发生，为此门田先生要求员工开好深沟，筑好菜畦改善作物生长环境，减少发病几率；对各类虫害防治，则尽可能使用中草药液剂与特殊植物保护液，使蔬菜生产不易遭受害虫侵袭。此外，锦菜园周围河浜中的灌溉水已呈富营养化，为此门田先生等专门建造了净水池，并从山东等地运来了特种卵石，加入木炭进行过滤处理，这样就解决了灌溉用水问题。几个月实践下来，效果还真不错。

上海的土壤、气候环境条件与日本各不相同，对门田来说，有许多不可知的领域要探索。因此只要他在锦菜园，即使是总经理，也几乎天天都和员工一样下田劳作，摸索有机蔬菜栽培技艺。一旦有疑难杂症，则拍下照来通过伊妹儿请教日本总部的有关技术专家。门田说，他在上海最大的心愿是要让栽培有机蔬菜这项造福于民的绿色事业搞大搞好，为此愿意不断地去努力、去实践……

交谈中，日本总部的电话来了，门田又去忙开了。望着那一片片葱绿葱绿的蔬菜，我们深信门田先生的心愿一定会实现。

（刊于 1999 年 11 月 2 日《新民晚报》）

兽医姚龙涛：扎根在农民中间

　　在东海之滨，有一位四十多年如一日，在畜牧兽医战线上默默耕耘着的市劳动模范，他就是奉贤县畜牧兽医站站长、推广研究员姚龙涛。由于姚龙涛在畜牧兽医方面作出的特殊贡献，日前他被评为全国农业科技先进工作者。

　　老姚是 1959 年从上海市农校毕业后干上兽医这一行的。四十多年来，他走遍了奉贤的 300 多个村，医治了成千上万头（羽）猪、牛、羊、兔、鸡、鸭。作为兽医，就是天天出入猪棚牛棚，与猪牛羊打交道。早在 60 年代初，姚龙涛在乡下蹲点，一日三餐吃的是薄粥汤和老菜叶，睡的是地铺。碰到牛、猪难产时，即使在寒冷的冬天，他也会毫不犹豫地赤膊上阵。就是凭着这股干劲，姚龙涛先后攻克了牛破伤风、牛羊肝片吸虫病、牛血吸虫病等难关，年仅 20 多岁的他就已远近闻名了，被乡亲们亲昵地称为"牛郎中"。在下乡出诊时，老姚发现乙型脑炎对初产新母猪有严重的危害，这种病可致使 50% 的新母猪发生死亡和流产。为了解决这一重大课题，他深入调查，细心观察，在北京、上海等有关单位的通力协作下，成功地试制成"猪用乙型脑炎疫苗"，有效地控制了这一疫病，可每年为国家减少损失 500 多万元，他因此获得了农业部和全国医药科学大会的嘉奖。

1985年10月，被农民称为"金子、银子、兔子"的长毛兔因发生兔瘟而大量死亡，老姚和同事们率先研制成功兔瘟疫苗，使郊区和江浙等地的200多万头长毛兔免遭灭顶之灾。90年代初，对虾病毒流行给市郊虾农带来了巨大的损失，也是姚龙涛主动请缨，主持承担了上海市科委立项的"对虾病毒及防止对策的研究"这一重大紧急课题，取得重大进展，为奉贤县万亩对虾塘的产业结构调整、虾塘水质的综合治理以及虾发病的提前捕捞等技术的应用提供了科学的依据，为虾农生产自救和保一方平安作出了贡献。

进入90年代，姚龙涛又开始新的课题研究，他十分关注国内外新的猪疫病动态，悉心从事猪病研究，在流行病学、微生物学、免疫学以及核酸探针和PCR诊断技术等方面有着较深的造诣。1994年以来，他针对猪呼吸繁殖综合征、猪伪狂犬病和猪盖他病等可能给我国养猪业带来的危害进行了深入的研究，并取得了突破性进展，尤其在上述疾病的诊断和综合防治措施方面成果颇丰。这几年由他主持的市科委重点科研项目"猪呼吸繁殖综合征综合防治措施的研究"，在鉴定会上得到专家们的一致肯定。

几十年来，姚龙涛主持或参与的重大科研项目达30多项，其中获国家级奖励1项，省部级奖励7项，发表论文100多篇，出版《猪病毒病》《现代化养猪》等专著5部。

姚龙涛经常深入现场，在实践中积累了相当丰富的经验，奉贤、上海至全国各地不少养殖场和农户凡在畜牧兽医上碰到难题，都会不约而同地想到他，而他也总是不厌其烦，乐于排忧解难。他和同事们的研究成果在全国范围推广应用后，为各地的畜牧生产带来了显著的效益。1987 年至 1988 年在全国范围内推广初产母猪和后备公猪使用猪乙脑弱毒疫苗技术，13 年中免疫的初产母猪约 400 万头，多产活苗猪 1500 多万头，增加收入 3 亿多元。

老姚 1978 年起在奉贤县畜牧兽医站主持畜牧兽医技术推广、技术行政、科学实验等工作，全站先后三次获农业部表彰。近十年来经济效益更是一年上一个台阶，去年创收达 320 多万元，在依靠科技进步、做好服务工作的同时，畜牧站走上了一条自我良性发展之路。

近十多年来，姚龙涛的职位、职务、职称都有了较大变化，直至当选为奉贤县人大常委会副主任，兼任农业部动物检测中心客座研究员、交大农学院客座教授等，但他仍一如既往，孜孜不倦地深入实际，在全国各地开展富有创造性的农业技术推广工作。仅前年和去年，他应邀先后为 10 多个省、自治区、直辖市作了 30 多场专题报告，听讲人数逾 2000 人，被大家称为"我们的好兽医"。

（刊于 2001 年 3 月 29 日《解放日报》）

老潘和他的股份合作制探索

老潘，大名潘连发，上海市普陀区长征镇红旗村原党支部书记，国内农村村级产权制度改革的先锋。与老潘相见，是在我们开展村级集体经济产权制度改革调研时。他细瘦的个子，灰白的眉毛，虽然已年逾六旬，但神清气爽。我们告诉老潘，北京、广州、苏州的农村干部都要我们转达对他的问候，感谢红旗村的农村改制经验，给其他地方开了一个好头。老潘听罢微笑了一下，翻开白色的文件夹，向我们娓娓道来他的股份合作制探索。

老潘在红旗村当了 30 年的农民，而且在大多数时间里，都是村里的干部。当过 2 年的队长，8 年的民兵连长，8 年的企业会计，从 1985 年开始，先后担任大队长、村委会主任，1996 年，他又兼任村支部书记。

红旗村是个典型的城中村。在城市化进程不断加快的情况下，红旗村面临着前所未有的机遇和挑战。老潘告诉我们，当时红旗村面临两个问题：一是生存问题。随着城市化进程加快，土地资源日趋紧张，农民赖以生存的生产资料越来越少，而后备劳动力却源源不断地增加。二是发展问题。现有经济结构主要是第三产业，工业次之，已无任何农业成分，而体制还是生产队长负责制，还是按原始的评工记分方式进行分配，生产队虽是经济组织，但无工商登记，加之不能办理税务登记，不具备法人资格，生产经营活动受到极大限制。

在这种条件下，红旗村必须走体制改革这条路，否则，最终要被市场淘汰。危机感与困惑，促使老潘千方百计去寻找出路。老潘告诉我们，那时他查阅了很多资料，国务院发展研究中心名誉主任、老资格经济学家马洪主编的《什么是社会主义市场经济》对他启发很大。

老潘从文件夹中拿出一份"股份合作制的基本概念和特征"的材料给我们看。他说，股份合作制最符合红旗村的实际。他有一个朴素的想法，那就是坚持走共同富裕的道路。从 1995 年开始，老潘系统地提出了红旗村改制的设想。1995 年 6 月，他写出了《村级经济组织实行股份合作制探讨》一书，提出了关于红旗村改制的理论根据、改制办法和操作过程。

经过老潘的艰苦探索，红旗村终于形成了实行股份合作制的改革细则。这份细则规定了该村股份合作制企业的分配原则、入股对象、农龄计算办法、股份的构成和设置等。

红旗村的股份合作制探索引起了北京高层领导和专家的兴趣。当时马洪、陈锡文等领导对红旗村的改革探索予以了充分肯定。老潘告诉我们，1997 年 8 月 15 日，在京西宾馆还专门举办了"农村集体经济与股份合作制"研讨会。

弹指一挥间，10 多年来，红旗村的股份合作制经验已在上海郊区推广，闵行区虹桥镇虹五、先锋等 19 个村实行了村级集体经济股份合作制改革，改变了集体资产说起来"人人有份"、实际上"人人无份"的状态，真正做到了"资产享股权、农民当股东"，社员按股分红1.25亿元，人均5000元。更令人欣慰的是，北京、广州、苏州等地的农村学习了红旗村经验后，村级集体经济产权制度改革开展得如火如荼。

不经意间，我们已经畅谈了三个多小时。对股份合作制，老潘谈兴仍浓。临别时，老潘告诉我们，改革是零的突破，是从无到有的探索。面临出现的新情况新问题，红旗村的探索之路不会终结，老潘和他的股份合作制探索还将继续。

（刊于2009年第12期《农村经营管理》）

黄浦江边的家庭农场主
家庭年入 37 万元实现"农村梦"

李春风，1979 年出生，上海市松江区泖港镇腰泾村土生土长的农民，从小没出过远门，马年岁末，居然三赴京城——参加全国家庭农场培训、全国乡村好青年授奖，春节前，更是捧回了"全国十佳农民"的大奖状，他不仅是来自"小农业"的大都市上海的唯一代表，也是其中年纪最轻的。

从年收入 2.5 万元的务工农民，到家庭年收入 37 万元的"家庭农场主"，李春风可谓实现了留在农村的"美丽梦想"，而他的范例，也为困扰农村生产多年的"谁来种地"的问题提供了新思路、新路径。

回来帮老爸种田

当家庭农场主，老实内向的李春风过去想也不敢想。

职高机电专业毕业后，李春风也像村里的年轻人一样，去浦北的工厂当操作工人，每月工资两千多元，日子过得紧巴巴，家里条件不好，娶本地娘子也不敢奢望。当时每户农家只有两三亩地，一年忙下来也不过 1500 元收入，种田只能做兼业，

"农二代"大多想跳出农门。2005 年 8 月，上海市农委曾经做过一个千户农民问卷调查，有一题是"你是否愿意子女从事农业"，结果，选"不愿意"的达到 100%。

为改变土地闲置抛荒粗放种植、解决农业因兼业而边缘化的问题，2007 年，松江区泖港镇作为全区试点之一开始探索经营家庭农场。泖港镇地处黄浦江上游水资源保护区，有历史记载唐朝就种植水稻。李春风的父亲李爱云曾是大队农机手，一直在村里务农，作为松江区第一批家庭农场主承包了 117 亩土地种植粮食。那年春节回家过年，李春风看到父亲还在地里干活，两只手冻得直打哆嗦，"我就想我一定要回来帮他，我就把厂里的工作辞了。说实话当时心里也没有底"。

李春风为了早日进入职业农民的角色，边干边学，从春播、夏管到秋收，每一个环节都亲自深入田间地头，不仅在从事农活的过程中学习，而且积极参加区农委组织的各种专业知识技能培训，不断掌握农作物种植知识技能，成为远近闻名的生产能手和创新先锋。2009 年，他带头执行区农委推广的"三三制"耕作制度，调整种植结构，按照二麦、绿肥、深翻各三分之一的茬口布局种植秋熟作物；2011 年，他又带头应用新农技、新农机，购置了 1 台拖拉机和 1 台收割机，并与邻近的农场主建立了农机互助关系；2012 年父亲到龄退休，李春风子承父业正式当上了家庭农场主，他带头在承包的农田种植水稻采用机直播方式，减少人工支出的同时提高了种植效率，生产水平不断提高，水稻亩产达到 625 公斤，大大高于全区水稻 570 公斤的亩产水平。

不买房子买"烂铁"

要当家庭农场主,首先得考出"家庭农场培训结业证书",李春风和父亲人手一册。土壤肥料及施肥技术、水稻栽培技术、水稻病虫害防治等课目都是培训内容,而松江区所有上岗的农民,都必须接受为期2个月的专业培训,并参加考试取得结业证书。然后在农民自愿提出经营申请的基础上,由村委会严格按照家庭农场准入条件,采取村民议事、民主讨论、集体协商等方式选拔家庭农场经营者。

公平准入后,还有淘汰退出机制——每年对家庭农场进行三次生产经营管理考核,产量、农田形象等都是考核内容,不合格者淘汰,优秀者优先延期。"每年五六月份,村里的老干部来农场进行第一次考核。8月份,镇农业技术服务中心来考核田地的垄沟清理、作物的长势情况。9月份,区农委组织技术人员来进行考评,重点考核农田产量、管理水平等,90分以上才能继续经营,搞得一塌糊涂就要面临淘汰。"户主女55岁以内,男为60岁以内,年龄到期者也必须退出。设置这么高的门槛和严格的考核标准,把家庭农场的经营权,交给那些具有丰富农业技能和务农经验,对土地有深厚感情的本地农民,对那些心术不正追逐高补贴、不勤于耕种的一律拒于门外。

李春风学的是机电,又在机械厂工作过,他的种植理念也带有工业味儿。"我们要跟发达国家比,人家的家庭农场都打理得井井有条。"李家先后添置了3台拖拉机、1台收割机,尽管有国家农机 1 : 1 配套补贴，花在这些农机上的钱也有 40 多万元。李爱云说，人家都笑我们家"不买房子买烂铁"。

家庭农场耕地合理配置连成片，让机械化生产成为现实，规模化和机械化减轻劳动强度，提高了生产效率。在生产力水平不断提高的基础上，李春风逐步扩大生产规模，粮食种植面积增加到目前的 340 亩，承包期限延长到 10 年。

春末夏初，收了小麦种水稻，使用直播机一天能播种 70—80 亩，而过去人工插秧一天一亩就累得直不起腰；秋天稻谷收获时，久保田 888 收割机自带 1000 公斤的粮仓，只需 2 个人手，就能完成过去 10 个人的活——一人操作收割机，完成收割脱粒，另一人开来拖拉机，收割机将稻谷灌进翻斗后，直接开到粮站卖粮自卸入粮库，340 亩地不出 10 天就能收完。机耕、机种、机收，实现了稻谷全程不落地。

3 台拖拉机和 1 台收割机还构成了春风农机联合互助点，李春风与另外 3 户家庭农场结成帮工互助对子，农忙时还负责其他 3 户家庭农场的翻耕、收割，服务 800 亩田地，"大机互助，小机自有"的模式，使农机利用率也大大提高，连日本原农业部副部长小林也啧啧称奇，跷起大拇指。

算算收入账

农村要留人，关键是让农民有足够的收入。勤劳致富，让李春风这名"职业农民"的体面收入，羡煞众多城市白领。

李春风算了笔账：

- 种粮收入：27万元。除去一亩250公斤稻谷的流转费，每亩收成超过300公斤，2014年政府收购价为每公斤3.10元，一亩收入千把元，340亩土地超过35万元，扣除成本净利润达到27万元。

- 养猪收入：8万多元。从2011年8月至今，李春风已经出栏11批生猪。有这个养猪场，一年稳定收入8万多元。

- 农机服务：超1万元。他出资购买的拖拉机、收割机等3台农业机械，服务其他3户家庭农场，扣去机器折旧、人工、柴油等，收入1万多元。

- 家庭年收入：37万元。李春风做家庭农场主后，去年他家年收入达到37万元，而之前他在一家五金类合资企业打工，每月工资只有两三千元。

不光李春风一家如此，以松江从事水稻种植的家庭农场为例，亩产净收入从发展之初的550元左右到如今的850元左右，家庭农场平均年收入已超过12万元，高于普通打工收入一倍以上。

半夜猪叫必有问题

2010年冬天，李春风到亲戚家串门，刚好看到他们家在兴建养殖场，这是李春风第一次接触"种养结合"，立即产生了极大的兴趣。"我当时一听就觉得靠谱，能赚钱，风险低，还能学到技术。"如今，种田全程机械化，比起过去人工插秧人工收割，劳动强度大为减轻。可是养猪就辛苦得多，喂料照看都缺不了人，平时晚上都得住在猪场，一年大概只有1个月时间能歇歇。可是李春风觉得自己年轻，不怕吃苦。

2011年，他承包了3亩养殖场，开始探索"种粮＋养猪"相结合的"种养结合"家庭农场模式。坐落在李春风340亩农田中间的标准化猪舍和发酵池都是政府投资，李春风只要养好猪，就可以拿到相应的代养费，每头猪代养费50元。苗猪、饲料、技术、销售等服务则由松林工贸公司提供，区镇兽医部门提供全方位技术服务。这样，无论市场猪肉价格如何波动，农民都没有风险。

李春风拿出与松林工贸公司的协议书，里面附着密密麻麻的表格，成活率、料肉比、出肉比都有详细的对应数据，奖与赔金额都一样。比如30—35公斤/头的健康苗猪成活率是97%，也就是说代养500头猪允许病死15头，奖或赔200元/头；料肉比是2.93，饲料超标或结余的50%，按照3.04元/公斤奖或罚。只要猪养得好，喂料科学有结余，奖励就多。通过这种"基地＋公司"的生态养殖模式，李春风的猪场每年出栏生猪达到1500头。等他到北京参加一个两岸十佳农民座谈会回沪后，又要进一批500头苗猪。李春风原本不会养猪，只能一点点摸索，有问题就去请教技术员，区农技中心组织的培训也是每次必去。李春风笃信科学喂料，技术员的指导他都听得进，执行起来不打折扣，经验一天天积累起来，出栏率一年比一年高。如今，李春风晚上住在宿舍里，听听猪的叫声，就能判断有没有出问题，"如果晚上猪突然哇哇叫，一定是感染了急性链球菌"。

记者采访这天，李春风正在冲洗消毒猪舍，代养的 496 头猪养到了每头 105 公斤，一大早全部出栏由松林公司收购，质量考核通过后，就能收入 2.5 万元。

养殖场内还配备了现代化的通风、降温、粪尿收集利用设施，猪粪经过充分发酵后全量还田使用，增加了土壤肥力，实现了"零排放"，既避免造成环境污染，又降低了农作物种植成本，改良了土壤结构，实现了农业生产环境的良性循环。

真人故事拍微电影

去年 5 月，李春风在松江城区买了一套商品房，好让儿子到区里读初中。办商业贷款时，银行要审核贷款人的还款能力，知道李春风这个"职业农民"拥有经营家庭农场稳定而体面的收入，当即就办妥了。爱人李万群从去年开始辞了工厂的工作，在家做全职太太，一方面照顾在城里读初中的儿子，一方面农忙时能帮李春风搭把手。

2002 年，李春风经人介绍，娶了广西姑娘李万群，第一次去丈人家坐的是火车慢车，从上海开到柳州，路上要一天一夜，再转长途汽车去河池市罗城县，老丈人对这个上海女婿还有点瞧不起，当时李春风在厂里打工，年收入只有 2.5 万元，只能买

300 元的慢车硬卧票。

2012 年李春风接了父亲的班，正式成为家庭农场主，几年做下来，家底厚实了许多。那年春节，李春风的儿子跟爸妈一起去广西外婆家探亲，来回都乘飞机，单程机票 1300 元 / 人。今年春节前村里人从电视里看到李春风评上"全国十佳农民"的新闻，老丈人也觉得脸上特别有光。

为了掌握更系统的农业知识，从 2013 年开始，李春风自我充电学习中国农业大学农学专业的函授课程，几年下来已经考出了农业机械、计算机、植物生理学等五六门课程。

李春风说："儿子到区里读书，放在以前，根本没这个条件，我想让他好好念书，等将来念了大学回来接我的班。只要政府搭的这个平台不变，做'农三代'肯定大有前途。"

眼下，李春风经营着 340 亩土地，每年可产出 40 多万斤粮，足够供应 700 多人对于大米的年需求；一年 3 个批次 1500 多头生猪的养殖规模，可满足 3191 人对猪肉的年消费需求。一人独立劳作，他的收成几乎相当于传统农业时期一个生产队的产量。

现如今，松江区多个镇出现"农民抢田种"的现象，原先不愿意子女务农，如今哭着抢着要搞农业。为啥？家庭农场主有"体面的职业、体面的收入、体面的生活，这对农民来说，很有吸引力"。大学毕业生回乡从事家庭农场经营的日益增多，一支有知识、懂技术、会操作农业机械的职业农民队伍正在上海郊区绿色田野上形成。目前，家庭农场的经营者以 45—55 岁农民为主体，高中以上文化程度的约占 14%，发展家庭农场为有效解决"谁来种地"问题提供了新路径。

在行将结束采访时，记者从上海市农委获悉，一部根据李春风真人故事创作的微电影《美丽梦想》（暂定名）正在紧锣密鼓进行中。记者相信，李春风式中国家庭农场主的美丽梦想一定会实现。

身边人眼里的李春风

周留昌（松江区农委主任，原泖港镇镇长）：厚道、淳朴、勤劳，是一位热爱农业有钻研精神的职业农民。

徐海云（泖港镇农业服务中心主任）：没有豪言壮语，却脚踏实地胸怀大志。

曹丽明（泖港镇胡光村家庭农场主，与李春风家庭农场一路之隔）：李春风岁数比我小，经验比我足，他跟我结成农机互助对子，互帮互助，大家共赢。

李爱云（父亲）：儿子不在工厂上班，情愿到田里种田，不容易。就是心疼他现在养猪太辛苦了。

李万群（妻子）：当初嫁给他就看中他人老实，没想到现在越来越能干了。我为他自豪！

家庭农场让农民生活体面起来

2014 年以来，上海发展家庭农场又有新进展。全市粮食生产家庭农场 2787 户，农二代加盟家庭农场，新一代农场主唱主角，家庭农场呈现可持续发展。

发展家庭农场，使农业成为一种体面的职业，农民有体面的收入，过上体面的生活。在上海以及国内其他地区，家庭农场如雨后春笋蓬勃发展。结合上海的实践，记者对话中共上海市委农办研究室主任、市农委政策法规处处长方志权博士，探讨家庭农场发展的路径与机制。

记者：为什么突出强调家庭农场的基本特征——"家庭"？

答：世界农业发展规律已经证明，家庭经营是最适合农业特点的生产经营形式，也是保护农民基本权益的有效形式。综观世界各国，已实现农业现代化的国家，无不实行家庭经营。作为新型农业经营主体之一，家庭农场有其特定的内在属性，家庭农场的经营者是本地专业农民，主要依靠家庭成员从事农业生产活动；除季节性、临时性聘用短期用工外，一般不常年雇用劳动力从事家庭农场的生产经营活动，这些属性决定了其产权关系简单、成员劳动积极、监督成本低等诸多优势，确保实现较高的土地产业率、劳动生产率和资源利用率。

宪法规定的"以家庭承包经营为基础、统分结合的双层经营体制"，这个我国农村的基本经营制度必须长期坚持。在此基础上，根据城镇化和农民转移的实际状况，按照依法自愿有偿原则，健全土地承包经营权流转市场，有条件的地方可以发展多种形式的适度规模经营，不断提高农户发展生产和进入市场的组织化程度。

记者：为什么把家庭农场作为扶持重点？

答：家庭农场是推进我国农业现代化的有效经营方式之一。改革开放以来，2亿多承包农户一直是我国农业生产经营的基本主体。在工业化城镇化和农业现代化进程中，如何适应新的形势，上海松江等地的实践给了回答。以家庭经营为内核，以适度规模为特征的家庭农场，符合农业生产特点，符合我国国情，能够成为建设现代农业的重要主体，也有利于实现城乡发展一体化的目标。培育新型经营主体、创新农业经营体系，要把培育家庭农场等新型经营主体作为重要抓手，通过提升农户经营规模，促进农户间联合与合作，发展农业产业化经营。

记者：为什么把家庭农场的培育重点放在粮食生产上？

答：扶持和引导新型经营主体发展粮食生产，是各级政府义不容辞的责任。上海郊区粮食生产机械化和社会化服务基础条件好，农民非农就业率高，完全有条件先通过把粮食生产家庭农场作为培育重点，并以此带动种养结合、机农一体、粮经型、园艺型等各类家庭农场的产生和发展。上海郊区的实践已经证明，政府下力气扶持粮食规模化生产主体，抓住了发展现代农业的牛鼻子，其他的生产主体就会在市场调节下各就其位，最终会相互协调和促进，共同实现良好的经济、社会和生态效益。

记者：为什么家庭农场的土地经营规模要坚持适度？

答：现阶段粮食生产家庭农场的土地规模以100—150亩为宜。发展家庭农场必须坚持适度规模经营的原则，既要体现效率，又要体现公平。我国人多地少、农业资源稀缺，农业经营特别是土地经营规模不是越大越好，需要根据各地情况确定适合的"度"。为家庭农场的经营规模明确一定的范围，可以保障务农劳动力获得与非农就业大致平衡的收入，使农民成为体面职业。

记者：为什么要把握好家庭农场与其他农业主体的关系？

答：农业种植作物品种丰富、生产环节繁多，品种不同、环节不同，就可能需要不同的生产方式，适应不同的生产主体。作为新型农业经营主体，家庭农场能否实现与普通农户、农民合作社、农业龙头企业和社会化服务组织的有效衔接，是检验其生命力的重要方面。

上海在推进家庭农场过程中的主要做法是：第一，尊重普通农户的意愿，不搞土地强行流转。发展家庭农场，必须坚持农民自愿、有偿的原则，不搞行政命令，不强行要求全村土地整体流转。第二，重点在普通农户中培育家庭农场。家庭农场经营者原则上是本村的农户家庭。每轮家庭农场经营到期后，符合条件的普通农户都可以报名参选，并监督新一轮经营者选择的全过程。第三，重视家庭农场与其他新型经营主体的相互协作。由于较好地把握了与其他经营主体的关系，目前上海的家庭农场得到农民群众的普遍认可，日益成为农业生产经营链条中不可或缺的重要一环。普通农户将土地流转出来，获取合理而稳定的租金，安心地转移到二三产业。家庭农场经营者扩大了规模，收入能够高于外出打工，也会安心务农，成为职业农民。一些适于合作经营的环节，如农机作业、农资购买等，则通过家庭农场之间组建专业合作社或者互助等方式共同完成。一些农业企业则通过订单农业等多种形式，与家庭农场形成紧密的利益联合体，共同参与市场竞争。

（本文与王欣合作。

刊于 2015 年 3 月 15 日《新民晚报》）

我要在上海，种中国最好的桃子

"我要在上海，种中国最好的桃子！"

"品质至上是现代农业的灵魂，也是我追求的最高境界。"

"将来我想做成一个产业联盟，相当于我做日本农协这个活，提供品种、提供技术，按标准回购产品，统一销售。"

哈玛匠是一处果园

位于青西金泽三塘村的这一片桃园面积不大，60来亩。大门掩映在桃林中，不易察觉。走进园内，别有洞天，整洁异常。

正值桃花盛开之时，花开浪漫。哈玛匠果园主人黄伟接待了我们。他告诉我们，眼下哈玛匠果园主栽的是桃子，有70多个品种，除此之外，还有30个葡萄品种、3个生梨品种和1个极品"太秋"柿子，目前园内所有的品种都引自日本。

黄伟在日本工作了25年，无论是举手投足、生活习惯还是园区管理，都有一种日式风格。

"我要在上海，种中国最好的桃子！"这是黄伟的初心。

十年不间断的耕耘，为他迎来了收获。

哈玛匠是一份情怀

十年前，黄伟的一位好友，日本桃子主产区——山梨县资深果农有贺浩一提议黄伟想办法缩小中日桃子差距，在上海种出最好的桃子。

正是为了实现这个心愿，黄伟放弃了日本化妆品网上销售，在青浦区承包了土地，把从日本带回来的七八个品种桃树种了下去。

每年冬天，有贺浩一都来上海，给黄伟剪枝传艺；每个生长季节，他都会打电话告诉黄伟该做什么事情。同时，有贺浩一还给黄伟引见了国内顶尖的桃专家，包括国家桃产业技术体系首席专家姜全、上海市农业科学院林木果树研究所所长叶正文等。

黄伟说他当时啥也不懂，十年磨一剑，他和员工每年都会去日本学习种桃。功夫不负有心人，眼下哈玛匠果园的生产水平达到了日本山梨县的八九成，黄伟也完成了从一个农业小白到种桃达人的逆袭。

种桃十年间，黄伟始终秉持了生态循环的理念。日本果园环境保护做得十分到位，给黄伟留下了深刻印象。黄伟将生态环境保护贯穿果园建设的始终。

建园之初，黄伟对果园进行了彻底清洁，用小推车运走的塑料瓶、塑料袋等垃圾就有1000多车。在这里，员工的第一要求就是不能乱扔垃圾，连烟蒂都要包好扔进垃圾箱内。

黄伟告诉我们，上海乡村生态好，对果园来说，鸟多必成隐患。黄伟便采用了防鸟网等装备，有效提高了果品产量和质量，把精细管理提高到一个新的层次。

黄伟说日本的农产品只有商品和垃圾。品质至上是现代农业的灵魂，也是他追求的最高境界。

这几年，哈玛匠果园主打的水蜜桃深受市民喜爱，在本市高端餐饮店一个卖到 88 元，售价不菲，却仍然"一桃难求"。

黄伟告诉我们，能卖出高价的原因，在于种植的模式和营销的渠道，更重要的是它有严格的分类标准，并通过这种标准将产后处理的价值在消费端得到呈现。

据悉，黄伟把收获的桃子分成三个等级，T（特）级、A 级和 B 级。其中，T（特）级要求单果重 350 克以上，早熟品种的糖度要求 14% 以上，晚熟品种的糖度要求 17% 以上。

哈玛匠是一片匠心

十年间，黄伟把种桃的事"一根筋"地做到了极致。我们讨教了黄伟种桃的"窍门"：

稀植。哈玛匠果园一个特别的做法是稀植，较宽株距让根系不相交，保证植株充分吸收阳光、水分和矿物质。桃树间距为 7 米，而一般果园只有三四米。

改土。青浦的土壤黏性重，黄伟采用打洞改良的方式，每年在桃树的滴水线附近打 8 个孔径 30 厘米、深度 60 厘米的洞，下面先垫 10—20 厘米的黄沙，然后把有机肥和挖出来的土混合再埋进去。

施肥。哈玛匠果园将茶饮料厂的茶叶残渣、园林中枯死树木经过加工成有机肥料施用。还有就是选用内蒙古的羊粪。

除草。哈玛匠果园坚决不用除草剂，全部采用机器割草。

塑形。黄伟告诉我们，以前的树形侧重产量，不大关注质量，树体是直立向上，往上延伸的，所以往往是上面的桃子品质好，下面因为晒不到阳光，基本就没有好桃子。哈玛匠果园统一采用"水平棚架种植模式"，应用新型的"两主枝开心形"塑形技术，用吊杆吊着桃树，侧枝用竹竿绑成水平，让阳光均衡照射、树体营养均衡分配，从而保证从上到下的桃子糖度一样、品质一致。

着色。哈玛匠果园采用日本进口的可脱式套袋，在果皮开始泛白的时候扯下下截果袋，将可移动的反光膜铺设在树冠四周，待 3—4 天桃子完全着色之后撤除反光膜，这样可以最大限度地保证桃子外观着色的均匀度和鲜艳度。

育种。黄伟经常邀请有贺浩一到果园指导，共同开展果树育种工作，争取早日育出有自主知识产权的桃子新品种。

黄伟表示，在上海地区种好桃必须过两关：一是品种关。哈玛匠果园现在种植了 70 多个桃树品种，最早 5 月 18 日就能成熟，最晚 10 月 8 日成熟，桃子供应期明显拉长。二是流胶关。流胶是影响桃树寿命的关键。哈玛匠果园采取砧木嫁接和开沟高畦的办法很好地解决了这一难题。目前哈玛匠果园早桃产量可达 3000 斤, 晚桃产量可达 4000 斤, 桃树的寿命也普遍延长至 30 年。

哈玛匠是一种追求

回首十年创业路, 黄伟感慨万分, 在上海地区种出最好吃的桃子, 这是他的初心。

去年, 哈玛匠果园接待了来自全国各地 5000 多人次的来访者, 每次黄伟都无私传授技艺。他还数十次应邀为长三角桃农传经送宝, 让更多人参与这项事业, 种出更多更好的桃子。

黄伟说, 日本农业做得好, 得益于他们的农协, 农协负责市场调查、技术方案、产品分析和销售。果农只要专心搞好生产, 保证品质就可以了。"将来我想做成一个产业联盟, 相当于我做日本农协这个活, 提供品种、提供技术, 按标准回购产品, 统一销售。"

最近, 区、镇两级政府十分支持黄伟扩大果园规模, 哈玛匠果园在原有 60 亩的基础上又新扩了 94 亩, 黄伟和员工们正忙着对新桃园进行土壤改良, 同时在老桃园里规划了 15 亩观赏桃林, 种植多个世界上优质的观赏桃品种。

未来, 黄伟对哈玛匠果园的追求是既有好吃的又有好看的, 设想通过发展观赏桃花、举办采摘体验、开展新品品尝等多种形式, 积聚人气, 提高名气, 吸引高端消费群体。

同时, 果园还计划通过认养果树的方式, 培养长期消费群体，提高消费黏度。市民可以花钱买断整棵桃树，自己种、自己管、自己采，果园提供技术指导，也可以委托果园管理、寄送桃子。

临走，黄伟还雄心勃勃地告诉我们，为助力青浦区乡村振兴工作，他还有一个新的心愿：实施"金柿"计划。计划将他繁育的日本极品"太秋"柿子推广到千家万户。今年先从金泽镇开始，在每户的宅前屋后种上"太秋"柿子，共1万棵，然后计划2—3年内在全区种植5万棵柿子。这样，既美化乡村环境，发展乡村新产业，还可增加农民收入，真正实现从一家富到万家富！

（刊于2021年4月15日《东方城乡报》和"学习强国"，2021年8月24日《新民晚报》）

弃商从农攻难关，立志种出上海最好吃的橘子

"种植出全上海最好吃的橘子"，这是上海橘王徐俊雄十多年前立下的目标。

隆冬时节，我们在上海市金山区金山卫镇横召村的现代化设施大棚里遇见了正在忙碌的老徐。老徐六十开外，皮肤黝黑，是个农民；戴着眼镜，是个知识型农民。这是老徐给我们的第一印象。

老徐介绍，2012 年，他 50 岁，弃商从农，成立了上海锦雄果蔬专业合作社，"开发金山蜜橘，拓展金色产业"，这一干就是十来年。这些年来，有苦也有甜，他始终如一，乐在其中，乐此不疲。

甜蜜的事业

1963 年，徐俊雄出生在浙江省丽水市缙云县，母亲是一位老师，父亲在政府单位上班。虽然生活在农村，但他却从未做过农活。

2002 年，徐俊雄来到了上海，在松江区与朋友合伙买下一个五金市场，光做股东年收入就有 100 多万元，日子过得蛮

滋润。

2010 年，徐俊雄和妻子一起在日本旅游时，在超市看到了一种橘子，折合人民币 54 元一个。

什么橘子能卖这么贵？老徐说，"我这个人最大的爱好就是吃，于是就买了几个柑橘尝尝，柑橘入口的瞬间就把我的味蕾'俘虏'了"。他仔细查看了包装袋，发现这种橘子叫"爱媛 28"。

回国以后，"爱媛 28"令徐俊雄念念不忘，如此高端的水果在上海这座大都市一定有广阔市场。他打听到浙江象山种植了该品种，名叫"红美人"，售价 30 元一斤。

从地理位置上来看，上海金山与浙江象山都是临海型，土壤、pH 值、酸碱度均合适，这让他信心十足。

在橘子的大类中，徐俊雄通过几番寻觅，最终瞄准了以"红美人"为首的几个新品种，准备通过试种，筛选出种植管理上、市场反馈上最具优势的品种。

老徐坦言，刚开始时曲折很多，当时的农业部门领导并不支持他搞橘子种植，理由是橘子在上海郊区算不上是有竞争力的品种，而且崇明的柑橘种植面积相当大了，效益又不好。

后来，老徐用实际行动消除了这个顾虑。十年来，老徐的园艺场一年比一年红火。我们在采风时，老徐的手机就响个不停，打来的都是要订购"红美人"的老客户。老徐介绍，今年合作社 130 亩"红美人"投产面积 100 亩，平均亩产 1000 公斤，销售均价每公斤 40 元，销售额 400 多万元。目前为止，合作社已先后引进了"红美人""甘平""春香""明日见""黄美人""阳光一号"等 10 多个品种。其中，"红美人""卫美人"已具有一定的知名度，合作社已成为上海"红美人"栽种最具影响力的基地之一。他指着身边那一排排现代化设施大棚，意气风发，底气十足。

"这个 200 亩的果园，我们自己投了 1000 多万元，再加上政府支持，总投资差不多有 2400 万元。目前，已建了 160 亩现代化设施大棚，包括水肥一体化都做好了。做农业虽苦，但我还是喜欢做农业。"老徐说，他要将这项甜蜜的事业长长久久地干下去。

有志者事竟成

投资农业确实并不是一件容易的事。选对品种后，老徐遭遇了"九九八十一难"，攻克了一道又一道难关。

老徐坦言，与其他水果品种相比，"红美人"的种植难度相当高。其中，第一大特点就是不耐低温。2016 年 1 月，金山地区遭遇了百年一遇的严寒，最低温度甚至达到 -11℃。而当时，他的基地还没有搭建大棚，"红美人"扛不过去是必然的。如今，在他的基地里，"红美人"果树都生长在了大棚里，基本不受严寒天气影响。

"红美人"的另一特点是易衰退，果树容易生病死掉。老徐说"红美人"十分娇气，水多了不行，少了也不行，肥料也是如此。因此，他专门投资了水肥一体化的滴灌系统，实行精细化的施肥和浇灌。

"红美人"再一个特点，是怕雨涝灾害。2021年夏天，受台风"烟花"影响，基地"红美人"大树死亡40%，减产近50%。

面对突如其来的灾害，老徐和他的家人不屈不挠，并没有就此"躺平"，而是推倒重来，修堤坝、挖死树、育新苗，引进新品种，增加新设施……讲到动情处，老徐眼中含着泪花，但眼神始终坚定。

老徐热情地让我们品尝"红美人"。与普通橘子相比，这款橘中"爱马仕"果皮极薄，果肉上囊衣如糯米纸，其口感类似果冻，入口细嫩无渣。酸甜可口的味道以及丰富的汁水，受到不少消费者的欢迎。老徐介绍，他家种植的"红美人"之所以风味上乘，关键在于他擅长在绿色生态种植上做足文章。

早在2017年，基地就获得了国家绿色食品认证。他在基地使用天敌、杀虫灯、性诱剂等生物和物理防治，减少化学投入品使用，使产品更加安全优质。

老徐的第一个秘诀，是"重施有机肥"。每年每亩土地要施5吨有机肥，而且是以腐熟牛粪为主的有机肥。这样，土壤有机质中微量元素丰富了"红美人"的口感，橘子的风味更好了。

第二个秘诀，是"生草栽培"。在果树下种上草头，让其自然枯烂在土壤里，变成肥料，营造生物多样性，有利于果园保温保湿和蚯蚓的生长，而蚯蚓肥又成了不花钱的上好有机肥。因此，老徐家的果树下，土壤里的野生蚯蚓要比别处多得多，揭开草皮就能看见一条条的蚯蚓。

第三个秘诀，是"整枝修剪"。基地形成了一整套既有利于长树又利于结果的独特修剪方法，及时做好吊枝疏果，提升柑橘树势，让数量服从质量。

第四个秘诀，是"巧过飞鸟关"。老徐笑着说，鸟儿们都知道他家的橘子又香又甜，都成群结队地过来叨啄橘子。他在大棚内花了6万多元全面架设了防鸟网，这才有效减少了鸟类的危害。

老徐介绍，上海地区传统方式种植柑橘挂树采摘期只有三四个月，未来的日子里，他将通过优良品种引选，多品种搭配，改进栽培模式，延长柑橘成熟采摘期，实现优良柑橘周年有8个月可以采摘。同时，他还要继续开展优良柑橘绿色生态化研究，进一步减少农药化肥使用，生产出更多更好的优质品种。老徐说，眼下正是晚熟品种"甘平"的上市高峰，"甘平"果型好、汁水多、甜度高，品质丝毫不输"红美人"。

瞧这一家子

老徐介绍，眼下他的妻子和亲家公均在基地帮忙。特别是贤内助发朋友圈搞营销，忙得不亦乐乎。27岁的二儿子也在2018年放弃服装店的生意，子承父业，来到基地扎扎实实地学习种植技术。学习工商管理的儿媳妇，放弃了外文教师的优厚待遇，从浙江缙云来到了上海金山，搞起了直播带货，使果园的销售更加多元化。更让老徐引以为豪的是，他家的三儿子考上了农林学院，属于专业对口，是未来一家子中最有力的生力军。

有了家人的支持，老徐干劲更加十足。除了硬件投入更新外，他更注重品种的更新迭代。

"种植出全上海最好吃的橘子"，老徐已实现了十多年前给自己定的目标。他表示，到 2025 年，合作社 200 亩柑橘年产量达 30 万公斤，年产值突破 1000 万元，高效农业、精品农业真是大有可为。说完，精神饱满的老徐又要到基地里面从头到尾巡查一遍，这可是他每天必做的功课。

夕阳照在老徐的身上，我们看他真是帅极了。

（刊于 2023 年 1 月 12 日《东方城乡报》
和"学习强国"）

"稻花湾"里来了稻米青年

近年来，沪上如雨后春笋般涌现出一批90后、00后新农人。在乡村这片大有可为的热土上，他们用超脱传统农业的眼光和智慧，用青春和汗水在希望的田野上耕耘事业、播种理想。在上海市金山区，全国创新创业优胜奖获得者、金山区稻米产业联合体带头人陈建宇，作为新农人的代表，正书写着乡村振兴的故事。

立志扎根稻米产业

1994年出生的陈建宇，是上海盛致农产品有限公司的负责人。他从东北来到上海，像一颗蒲公英的种子落在金山这片田野里，默默耕耘了12个年头。盛致公司在陈建宇的父亲手中起家，最开始经营大宗原料。2013年起，在当地进行大米种植和农产品收购。2014年起，陈建宇加入了这一行业，扎根稻米产业的信念由此确立。

我们问他种田又苦又累，为什么毅然放弃城里安逸的环境、舒适的工作。陈建宇告诉我们，千百年来，农业一直都是人们赖以生存和发展的重要基础。他出生在一个普通的农民家庭，从小就在心里埋下了对农民对土地最质朴、最真挚的情感。他求学在中国农业大学，专攻农学专业。当时的想法很简单，就是从小看到父母亲起早贪黑躬耕农田，十分辛苦，他想用学到的专业知识替父母亲减轻劳作，轻轻松松地把地给种了，把钱给赚了，还要让城里的人看到优美淳朴的乡村风光，吃到更多更好的地产农产品。创业之初，他多方奔走，积极争取政策支持和市场拓展。担任专业合作社理事长后，推动合作社扩大种植面积。

这些年来，陈建宇不忘初心，实现了由传统种植到有机绿色种植，由卖稻谷到销大米，由线下为主到线上线下并重，由一产到一三产融合发展的升级转变。目前公司年收购加工水稻1万吨，玉米1万吨，电商农产品销售额1600万元，总销售额1亿元以上。

回顾走过的路，陈建宇告诉我们，他的稻米产业之所以不断发展，主要是"三个离不开"：一是离不开家人的相助。一家人团结一心，父母亲甘当绿叶，为儿子创业保驾护航。热情的母亲，最善于沟通，与乡亲们打交道，她是一把好手；踏实的父亲，执行力超强，传道授业，干事创业，他也是一把好手。二是离不开良好的模式。采用了"龙头企业＋合作社＋家庭农场＋农户＋保险公司"的合作模式，特别是引入农业保险后，农户在面临自然灾害等不可预见风险时，能够获得理赔，从而减少损失，增强了种粮人的信心。三是离不开自身的努力。他热衷于钻研技术，先后突破了优良品种引育、稻田生态技术、草害科学治理等重点难题，成了远近闻名的田秀才。

做第一个吃螃蟹的人

勇于做第一个吃螃蟹的人，是新时代农业创业者必不可少的气质品质，这是陈建宇的口头禅，也是他的座右铭。稻米产业同质化是水稻发展中遇到的最大障碍，面对新情况新问题，陈建宇不是翻老黄历，而是努力想办法找出路，因而创业之路就是创新之路。这些年，他主要从五个方面下功夫。

一是做大规模。打品牌最重要的是要把规模扩大。通过这些年的努力，陈建宇成立了金山唯一的稻米产业联合体，与区域内 132 个合作社、12 个家庭农场、35 户种植大户、65 家农户签订了种植订单，目前种植面积已达 3 万亩，创出了联农共富的新路子。

二是做好品种。种子是农业的芯片，关乎粮食安全，关乎农业效益和农民收入。这些年，陈建宇在稳定"南粳46"种植的基础上，与上海市农科院、金山区农业技术推广中心密切合作，建立了上海水稻科技小院，成功引入了新品种"沪软1212""上师大19"，这些品种食味值高，商品性好。目前这三个优质品种已占水稻联合体种植面积的80%。

三是做优品质。发挥了联合体的引领作用，实行了统一选种、统一育苗、统一种植、统一收购、统一烘干、统一加工、统一包装、统一销售的合作模式，为提高稻米品质夯实了基础。

四是做活加工。实行政企协同，引进柔性削切大米加工技术，在完善大米、胚芽米、糙米等产品经营的同时，还开发了米昔、大米咖啡、大米布丁、米油、大米护手霜等多款衍生品，推动稻米加工向下游延伸，差异化发展，形成多元高附加值产品，提升产品链竞争力。

五是做响品牌。构建"产购储加销"全程质量可追溯体系，对大米从品种名称、产地、收货时间、产量和分布、储存和加工时间、技术工艺、质量标准等进行监控和监测，实现大米生产加工全过程的质量安全云追溯管理，以实现"一户一号"，商品也实现"一物一码"。

联农共富是最大的心愿

金山一年四季农产品不断，老百姓不担心种不好地，而是担心没有销路。作为在信息化大潮中成长起来的年轻一代，对于如何立足郊野农田展拳脚，陈建宇很早就有了自己的盘算，要开创一条不同于父亲的经营模式。2015年，他把直播间开到了自己的农家小院里，拿自家的大米直播"试手"，反响不错，这也让他更加坚信农产品"触网"的广阔未来。

2016年，陈建宇成立了电商团队，开发了拥有自主知识产权的"来金山白相"的销售平台，得到了许多农户的响应，经过这些年的发展，平台已签约本地瓜果、水稻绿色有机蔬菜基地352家，带动销售超11325.8万元。

"一人富不算富，大家富才是富。"陈建宇利用公司在种植方面的优势，推进"龙头企业＋合作社＋基地＋农户"的产业运行模式。伴随着品牌和产业的壮大，越来越多的农户加入了"稻花湾"这个稻米大家庭，走上了越富裕越强大的良性循环。未来预计年销售"稻花湾"品牌 6 万亩优质水稻，产出 36000 吨稻谷，加工成 24480 吨大米，销售额达 1.7 亿元，推进稻米加工到储存、储藏、保鲜一体化产业化项目，预计带动农民增加收入 1200 多万元，让农民既有土地租金，又有务工收入。

广阔天地，大有作为。今年稻米收镰后，陈建宇又将重心放到了新开张的稻花湾青少年服务发展中心上，以科普推广农文化为己任，面向中小学生打造以农产品为主，各类周边产品以及朱泾镇非遗项目为辅的系列体验式课程和活动，推出了米花人物 IP，打造朱泾镇首家农产品推广直播间，让流量成为"新农资"，让直播成为"新农活"，不断提升本土农产品的知名度和品牌影响力，持续助力区域特色农产品"出圈"。

陈建宇信心满满地告诉我们，他为未来的盛致设计了集吃喝玩乐游购于一体的"一朵花、一粒米、一棵菜和一条鱼"的游乐体验。"我们的好农货不仅要产出来，更要卖出去，卖出好价钱，不能负了这一方水土。"说到这些，平时不苟言笑的陈建宇笑了，而且笑得很灿烂！

采访札记

问：最高兴的是什么？

答：最高兴的是这几年"稻花湾"的稻米品牌不断打响，

有了一定的知名度。各类衍生品，如米昔、米咖等成为网红产品，越来越受到市民的欢迎。

问：最苦恼的是什么？

答：市场、市场还是市场，要想办法为乡亲们多方位开拓市场。

问：最幸福的是什么？

答：最幸福的是让农民的腰包能鼓起来。

问：最大的期盼是什么？

答：最大的期盼是让更多的青年能够加入乡村创业创新行列中来。

（刊于 2025 年 1 月 10 日

《东方城乡报》和"学习强国"）

辑
三

海外掠影

日本的都市农业

　　建设充满魅力的都市农业是当今的一大热点，日本东京、大阪等国际化大都市在这方面成功地迈出了一步。

　　"都市农业"的真正实施从 20 世纪 70 年代开始，东京都在日本 47 个都道府县中，是最早建设都市农业的。由于 70 年代城市建设的高速发展，东京都的城乡界限日趋模糊，农田日益减少且布局也呈零星交错。为了缓解大城市农业日渐萎缩的矛盾，东京都便开始利用城市的工业和科技优势，发展都市农业。经过 20 多年的建设，东京都的都市农业已自成一体。

　　在东京、大阪等大都市，已没有一望无垠的耕地，农作物生产在厂房、温室里完成培育、生长、收获等各个阶段的任务。从总体来看，日本都市农业是整个现代化城市的一个有机组成部分，有四个比较明显的特点：一是布局科学规范化——根据整个城市总体规划布局，尽可能做到科学合理设置并建设各类园艺场地、观赏景点及绿化地带，并采取措施予以固定。二是规模现代设施化——各类农业设施基本实现小型化、现代化、工厂化和集约化，东京都、大阪府的蔬菜、花卉生产七八成已实现了现代园艺栽培。三是作物丰富多样化——农作物以蔬菜、果树、花卉、绿叶苗木等为主，且每一类作物品种繁多。四是产品高度商业化——由于运用现代设施生产和加工农副产品，农产品商品率一般都在 90% 以上，已真正实现了货畅其流。

农业专家认为，都市农业主要有两大任务：食与绿。提供市民生活所需的绿色生态环境；利用尖端先进科技，实现规模化经营、省力化栽培、低成本生产和培育推广优良品种，以提高农产品的单位面积产出率。

由于都市农业都定位在特大型国际化都市的局部地区，因此日本都市农业的功能有两个：经济功能和公益功能，其中公益功能则主要指生态功能、社会功能、抗灾防灾功能等诸种复合功能。在东京、大阪等地，农业发展十分注重与整个城市的良性生态环境相配套，为都市创造一个休闲娱乐的场所，通过发挥生态、社会等公益功能，以此带动和发挥经济功能，提高和促进都市农业的经济效益。

建设都市农业是一项宏大的系统工程。建设都市农业需要有较好的内外部环境条件：一是国际性大都市的二三产业高度发达。二是全面实现城乡一体化。东京、大阪的城乡已基本融合在一起，农民的衣食住行与城市市民的生活没有多大差别。三是完善配套的农副产品大市场流通体系形成网络。目前东京都已建立了近百个批发市场，大阪亦有 70 多个批发市场，四通八达的交通又为各类农副产品加快流通提供了极大的方便。四是农业市场基本实现栽培现代园艺化、基地规模设施化、操作高度机械化，这就要求农民有较高的科学文化素质。

日本的都市农业已向人们展示其独特的魅力。从总体来看，日本都市农业的主要模式有以下三种：一是观光型农业——其实质是农业与旅游、生产与消费的有机结合，是都市农业的一个极其重要的模式。二是设施型农业——主要是在一定区域范围内，运用现代科技和先进农艺建设现代化农业设施，一年四季生产各类洁净、时令、新鲜、优质、无公害的农副产品。三是特色型农业——主要是通过大型农业集团企业建设一些有特色的农副产品基地，并依托科技进行深层次开发，以形成具有国际市场竞争能力的特色农业。

先行一步的日本都市农业在发展进程中也面临着不少困惑和难题。其一在于大城市发展继续加快，二三产业迅速扩大，从而使都市农业原本已十分有限的耕地变得更少。其二在于都市农业的劳动力减少与严重的高龄化，不少务农者已把大量的精力和时间投向了农外产业。据统计，近年来大城市农民 65 岁以上者接近半数，从事科技含量较高的蔬菜栽培生产的菜农 60 岁以上者也超过百分之三十，目前日本不少农业专家正在不断寻求进一步发展都市农业的"灵丹妙药"，但确实也困难重重。

目前上海以及沿海地区等大城市正在探索建设有自己特色的都市农业，对日本建设都市农业中的一些成功经验和宝贵教训，不妨可作为借鉴之用。

（刊于《联合时报》海风版第 346 期）

日本的"菜篮子"

去年 5 月至今年 1 月，我随中国农业技术研修团一行五人在日研修。其间，我惊叹日本蔬菜品质之丰富，生产设施之先进，产品流通之便捷。

日本各大城市几乎每年都要搞一次"都市农业的作用"的民意抽样调查活动，每次都有 60% 以上的被调查者认为，都市农业的首要任务就是为市民生产提供各种各样优质、卫生、新鲜的蔬菜。在大阪、东京都市农业的两大主题就是"食与绿"。

据统计，1994 年日本蔬菜产值占农业总产值的 23.55%，日本人均一年消费蔬菜约 110 公斤，而这些蔬菜 90% 左右是国内生产供应的。

专家介绍，日本蔬菜稳定发展，主要有两个方面的原因：一是保证蔬菜种植面积，二是提高生产技术水平。

80 年代中期以来，尽管耕地面积逐年减少，但蔬菜种植面积基本保持稳定。日本的蔬菜给人的印象始终是优质、卫生、高品位。在市场上销售的蔬菜品种、形状、大小、颜色和成熟度基本相同，且包装保鲜水平很高，这是现代科学技术应用于蔬菜生产的结果。

尤令人称道的是，蔬菜品种繁多，一种蔬菜往往有好几个系列。比如萝卜，就有红萝卜、青萝卜、蓝萝卜、白萝卜、粉色萝卜、半青半白萝卜。茄子有灯泡茄子、长茄子、短茄子，生菜的名堂则更多，奶叶、白叶、黄叶、色拉，等等。不少蔬菜形状奇特，如乒乓球茄子、桃形番茄、小碗式南瓜、鸽蛋一样的卷心菜。除了形状奇特外，有些蔬菜颜色与国内看到的不同，如白刀豆、紫红花菜、白茄子、黄辣椒、白甜椒，等等。日本对蔬菜品种的培育十分重视，每年都拨出专款扶持科研单位进行蔬菜品种及栽培技术的科技攻关。通过多种先进的生物育种技术，日本的蔬菜品种迅速地实现了改良换代。

与此同时，日本各地的基层农协也十分注重帮助菜农进行蔬菜品种的提纯复壮，严把种子关，几乎极少有伪劣蔬菜种子。

据统计，目前日本各农家种植的蔬菜有34科129种154类。这些蔬菜中，原产地属日本的并不多，大多数品种都是从中国、欧美等国家引进种植的，也有的是通过多种育种手段自行培育的。作为主要蔬菜品种，日本农林水产省确定了28个品种，目前日本栽培面积以及生产量最多的是萝卜，其次依次为卷心菜、白菜、洋葱、黄瓜、番茄等。近年来，随着日本生活的不断西洋化，生菜、西洋芹、绿花菜、甜椒、菠菜等绿叶菜生产量显著增加。

日本的蔬菜科技研究与推广无疑是高效率的。果菜类嫁接技术近年来在日本十分盛行，嫁接方法亦有新突破。今年4月日本将较大规模推行果菜类机械化嫁接方法。日本北海道最近利用太阳能聚热装置吸收热能，以提高作物营养液温度，进行蔬菜冬季栽培；为实现整年栽培，日本各地十分盛行利用电气温床线提高地温，也有通过电热加温直接将热气通入塑料大棚的。目前，在日本的果实类蔬菜生产中，已有27%的面积实行了地温加热法。

日本的蔬菜机械化程度在世界各国中已名列前茅。1955年，日本最早进行蔬菜机械化建设，当时以发展旱作蔬菜机械为主，60年代重点发展小型蔬菜移栽机，近年来则致力于开发适用于多种蔬菜作物的高精度全自动机械。目前，在日本不少地方，蔬菜生产从播种、育苗、施肥直至收获、包装、上市，基本上实现了半机械化与机械化操作，一些地方还利用各种先进的机械化设施，一年四季不受气候环境变化的影响，生产各类优质、安全、卫生蔬菜。笔者曾参观位于日本九州佐贺县的全自动蔬菜工场，在这里，蔬菜生产所需的栽培环境都由电脑控制，一年四季都可以生产各种蔬菜。尤令人吃惊的是，蔬菜工场的光照全部都利用人工光，完全可不依靠太阳光，温度、湿度都由电脑控制调节，肥料则全面实现培养液栽培。加之蔬菜实行封闭式生产，一般病虫无法侵入，因此已真正实现了无农药栽培。由于蔬菜生产实现了机械化，日本菜农的劳动强度大大减轻，生产效率也明显提高。

日本各地十分重视蔬菜的产后加工开发增值。据统计，目前全日本生产的萝卜，30%加工成酱菜；番茄中约40%加工成蔬菜汁液；食用玉米也有 40% 加工成各种食品；黄瓜、茄子加工成酱菜的数量也占相当大的比例。近年来在日本市场上备受青睐的菜汁汽水就是全部用蔬菜加工而成的。这其中包括番茄、萝卜、卷心菜、菠菜、生菜等 10 种类型，其中以番茄类、萝卜类汁液汽水最受欢迎，因此番茄、萝卜的需求量激增，种植规模也不断扩大，菜农的生产效益也明显提高。蔬菜通过加工产品迅速实现增值，有效地促进了日本蔬菜产销的良性循环发展。

日本的蔬菜价格从总体来看相对稳定。

为了稳定蔬菜价格，日本制定了《蔬菜生产交货安定法》。根据这项法律规定，对 14 种主要蔬菜，包括白菜、卷心菜、菠菜、葱、洋葱、生菜、茄子、番茄、黄瓜、甜椒、萝卜、胡萝卜、南瓜、甘薯，规定了生产产地和产量。

在加强生产和交货的计划性的同时，为了确保菜农从事蔬菜生产，日本政府建立了蔬菜补贴制度。当指定生产蔬菜价格下跌时，则由"蔬菜安定基金会"通过交货团体规定向菜农支付"差价补助金"。蔬菜安定基金会的资金国家负担 70%，地方政府和农协各负担 15%。

在日本，市民一日三餐所需的蔬菜一般都是在超市里购买的，类似上海市民所熟悉的小菜场和自由集市一般很少见。由于蔬菜时令性强、市场需求量大、涉及面广，因此新鲜蔬菜流通主要靠市场发挥作用。日本的批发市场有两类：一是中央批发市场；二是地方批发市场。目前，全日本批发市场有 2600 多个，据统计，日本蔬菜 80% 左右都是通过批发市场流通的。新鲜蔬菜的流通顺序是，菜农将洗净、整理及包装好的蔬菜通过农协（产地经纪人）运到批发市场。通过质量、卫生检查后，如符合要求的，正式进入市场拍卖。一般早晨四五点，批发市场公司开始设市，利用公开拍卖的方式，将其卖给出价最高的批发商。批发商将其批发出售给零售商，再经零售商通过大中型超市出售给消费者。

在蔬菜流通过程中，一般批发公司提取蔬菜成交额的 8.5% 作为手续管理费；批发商批发给零售商则收取 5% 至 6% 的手续费；零售商则将此销售价格加上相应的利润，再定价出售给消费者。

因此，对菜农来说，产地的蔬菜出售价格还是比较低的。于是也有一小部分蔬菜不经过批发市场，而是由各地农协帮助菜农与消费团体实行蔬菜直供、直销。

我专程访问了位于大阪茨木市的大阪中央批发市场，这个总投资 269 亿日元的批发市场可为 415 万市民提供农产品流通服务。1994 年共集散了 18.2 万吨蔬菜、8 万吨水果、11 万吨水产品，交易额 1602 亿日元。在批发市场，也有来自中国的各种新鲜蔬菜，如香菇、芋头、竹笋、大蒜等。据介绍，1994 年通过大阪中央批发市场交易的中国蔬菜有 3000 吨，水果 350 吨。批发市场每天热闹非凡，各种车辆川流不息，货物琳琅满目，拍卖报价声此起彼伏。

当然，由于农业的总体效益下降，在日本，青壮年不愿从农务菜，不少菜农把更多的时间和精力投向农外产业。但是，先进的尖端科技和便捷的流通服务正在为日本的蔬菜生产注入新鲜的血液。

（刊于《联合时报》海风版第 410 期）

从大阪看日本农业

大阪坐落在日本本州西南部，常年气候温和，适宜多种农作物生长。目前，大阪已建成了与国际大城市相匹配的别具特色的现代化都市农业。

大阪农业发展始终围绕着两大主题，为市民提供新鲜的农副产品和创造绿色生存环境。大阪农业发展十分注重适应都市特点，利用尖端先进科技，实行规模化经营，省力化栽培、低成本生产和培育推广优良品种，以提高农产品单位面积产出率。因此，尽管近年来随着城市的不断发展，耕地面积越来越少，但与市民生活密切相关的蔬菜、果树等的面积与产量基本保持稳定。

同时，四通八达的交通为各类农副产品加快流通提供了极大的方便，通过全府 70 多个大、中批发市场，每天成千上万吨农副产品走进千家万户。

说起农业，人们自然而然地想到土地。农业以土为本，这似乎是天经地义。然而，近年来，随着工业社会化的不断发展，大阪的农业生产环境发生了很大变化，如今，在大阪已基本上看不到一望无垠的耕地，农作物生产在厂房里完成了各自的培育、生长、收获等各个阶段的任务。农作物也不再单纯依赖土地，而是生长在各种营养液中，通过水耕栽培生长发育。

最令人叫绝的是，电脑在农业生产中发挥了巨大的威力。在大阪农林技术中心的现代化花卉工场里，花卉生产从播种、育苗、灌水、施肥、撒药直至出花、上市，全部由电脑控制，可按消费者的需求，自行调节、控制花卉的生长速度、周期和上市数量。

蔬菜工场的光照不依靠阳光，而全部利用人工光，温度、湿度由电脑自行调节，肥料则全都实现培养液供给。蔬菜从播种、发芽、育苗、定植、株距调整，到收获、洗净、包装、上市、打印生产日期，全部都由电脑调节完成。

日本的农业机械化普及程度很高。在大阪农林中心附近，我专程访问了一位姓内山的种水稻的农民，据他介绍，他使用一台二行插秧机插两亩左右的水田稻秧，一个多小时就完成了，秋季收割水稻，则仅需 27 分钟。

在普通的农家鸡场，鸡蛋处理的各个环节——清洗、分级、包装、打印生产日期，全都实现机械化作业。

不少地方的卷心菜、大白菜等多种蔬菜也已基本实现机械播种、机械收获。

最近还有一种自动嫁接机问世。这种嫁接机通过电脑操作，一小时可完成 1000 枝苗木嫁接，嫁接后果木伤口少，且成活率在 95% 以上。

畜牧业生产中的挤奶、供水、供粮、粪便清除、产品运输、冷藏上市已基本实现了机械化作业。

在日本，对于生命产业的农业，政府十分重视投入，注重基础设施建设。政府除对大型农业项目进行直接投资外，还对农民和农业团体提供各种补贴。据统计，政府每年对农业的补贴多达 700 余项。总额在一万亿日元左右。例如，日本的大型综合农产品批发市场大多是政府投资建设的。

在日本各大城市农村，所到之处都是高级柏油马路直通田间。农家生产蔬菜、瓜果等农产品，基本上都是现代化设施，这些交通生产设施，都是由各级政府投资 70%、农民自己投资 30% 兴建的。

日本的农业科技研究和推广无疑是高效率的。据统计，近年来科技进步在农业经济增长中所占的份额已高达 76%。

目前日本各地已建立三位一体的农业科研推广体系——农业试验场（农技中心）、农业改良普及所、农业协同组织。

大阪农研中心每年的研究课题有 100 多个内容，而且课题从立项研究、取得成果到推广普及，都贯彻"从消费者那里来，到生产者那里去"的路线，经常邀请市民和农民代表听取意见。

农业试验场（农技中心）研究出的新品种、新技术，通过农业改良普及所以及遍布市、町、村的农业协同组织采取演示、讲座、印发资料、登门咨询等多种方式，推广到农家中去。

日本农业之所以能迅速发展，重视高素质劳动者和各层次专门技术人员的培养也是十分关键的一点。目前日本的农业教育已自成一体，正规农业教育分为大学本科（含硕士生、博士生的培养）、农业大学校（大专，中专）、农业高等学校（农业职校）三个层次，目前全国农民中有35.2%是大学生。东京、大阪等大城市农民的文化水平则要更高一些。

在日本，市民一日三餐所需的蔬菜、水果、水产品等新鲜农产品一般都是在超市里购买的，类似上海市民熟悉的小菜场和自由市场很少见。由于蔬菜等农产品时令性强、市场需求量大、涉及面广，因此，新鲜农产品流通主要靠农产品批发市场发挥作用。日本的批发市场有两类：一类是中央批发市场，另一类是地方批发市场。目前全日本农产品批发市场有2600多个。

新鲜农产品流通的顺序是：生产者将农产品交给基层农协，每天凌晨基层农协将农产品运往批发市场。通过市场方面的质量、卫生检查后，符合要求的正式进入市场拍卖。每天凌晨四五点钟，批发市场开始设市，利用公开拍卖的方式，将各种农产品卖给出价最高的批发商。批发商再将其出售给零售商。最后经零售商通过大、中、小型超市出售给消费者。

我访问了位于大阪茨本市的大阪中央批发市场。这个总投资269亿日元的批发市场，可为415万市民提供农产品流通服务，1994年共集散了18.2万吨蔬菜、8万吨水果、11万吨水产品，交易额达1602亿日元。在批发市场，也有从国外运来的各类新鲜蔬菜，在那里，我见到了来自中国的香菇、竹笋、大蒜等。

大阪最具现代特色的农产品批发市场是新建的泉大津花卉

市场。这里吸纳了日本 37 个都、道、府、县和 20 多个国家及地区的鲜花，从早晨 6:30 至 9:30，每天可拍卖 50 万枝（盆）鲜花，1994 年共集散鲜花 1.67 亿枝（盆），交易额达 107 亿日元。这样大规模的批发市场，管理人员仅六名，其效率之高由此可见。

日本农民组织化程度之高，农产品产销服务之好，农产品流通体制之顺畅，在亚洲国家中居前列。在这其中唱主角的是遍布日本各地的农协（JA）。

目前日本从中央到都道府县到市町村三级都建有实力雄厚的农协，全国现有综合性农协 3073 个，总人数 884 万人。

农协有一个响亮的口号："一人为万人，万人为一人"，其主要宗旨就是为农民提供全方位的服务。

笔者在大阪访问时了解到，目前农协实力雄厚，其事业已渗透到流通、卫生、金融、保险、文化与社会、经济、生活等各个方面。为农民开展服务，农协真可谓无所不能。

观光农园盛行无疑是都市农业一大显著特点。在日本，成千上万观光农园，在不同的季节对市民开放。

在空闲时，一家老少或是亲朋好友买上一张门票，就可以自由地在农园观光。看看碧绿生青的蔬菜，闻闻芳香四溢的鲜花，采摘品尝鲜嫩的水果，尽情地享受大自然赐予人类的恩惠。临走时，还可得到一袋自己采摘的新鲜农产品。日本的观光农园内容丰富，菜、果、花、树均可入园。农园风格不同，有精雕细刻型的，也有粗放自然型的，大阪府的 40 多个市、町的农村，现已有 70 个观光农园。

从总体来看，观光农园有三个特点：一是因地制宜。根据各地的实际，发展特色农产品。如大阪府利用山坡发展山间葡萄，颇有特色。二是广泛采用先进的玻璃温室、营养液栽培等技术。不少观光农园独特新奇，如周年葡萄观光农园，还有多层悬挂式番茄、草莓栽培，采摘果实要架上扶梯。三是发展农产品加工业，不少地方把观光农园生产的农产品加工成食品、饮料、化妆品等，供市民选购。

与观光农园相仿，日本还有市民农园。你只要交付一点土地利用费，便可以尝试耕种，学习劳作技术，了解植物生长，进而接受自然，修身养性，享受农业这一古老产业带给现代人的乐趣。

据悉，日本各大城市都有市民农园。东京练马区的市民农园就是在政府的支持下，由农协划出专用土地，供市民利用假日来种植蔬菜、水果、花卉，农协还派出资深农艺师现场专业指导。

大阪府有 142 个市民农园。

离开喧哗的都市，步入宁静的农园，体验农耕，这似乎已成为日本市民的一种需要。市民农园最注重的是参与。市民们亲自购苗、培肥、种菜、浇水，尝试农田管理，参加农业技术讲评会，收获农产品进行展评，将自己种植的蔬菜、瓜果等农产品做成各种食品共同品尝。开办市民农园的目的就是让城里人也来体验农业生产的艰辛，共享收获果实的欢乐。

值得一提的是，在市民农园里，还能经常看到中小学生。这是学校让他们温习科学功课、增进农艺知识、避免五谷不分而上的必修课。

（刊于《联合时报》海风版第 417 期）

有机农业在德国

　　德国发展有机农业已有 30 多年历史，如今已成为当今世界上最大的有机食品生产国和消费国之一。目前德国共有注册的有机农场 8400 多家，面积 40 多万公顷，占农用土地的 2.5%。发展有机农业使农业出现了一些新特点，比如有机产品具有较高的市场价格，土地实现非集约化经营，生态环境得到改善等。预计在未来几年里，德国有机农业和有机食品仍将以每年 10% 的速度增长。

　　德国有机农业经历几十年不衰，并不断发展壮大，有其多方面的因素——

　　政策扶持与各界支持。鉴于有机农业在环保、健康以及持续发展上的重要性，德国和其他欧盟国家一样，非常重视有机农业的发展。按照欧盟农业环保法规的有关要求，政府对农民转向有机农业经营提供鼓励，通过为他们提供财政支持而弥补由此转变带来的损失。除政府政策支持外，一些热衷于有机农业的工商企业、社会团体包括城市市民也自愿对有机农业的生产者和经营者在基础设施和服务方面予以资助。

　　建立完备的科学管理方式。德国在发展有机农业的具体管理和生产程序上建立了完善的管理方式，由政府制定法令、法规和标准，批准质量认证机构负责进行各个环节的质量检查验定；由农户自发组织的有机农业协会负责农户间以及生产与市场间相互协调；农户自发并自愿地按照有关标准进行生产。有机农业生产以农场为单位，整体符合有机农业生产标准。农民由常规农业转为有机农业生产，必须经历2—3年的过渡期，过渡期间及以后生产中不能使用任何化学肥料及药品。农户从事有机农业的一切活动，必须有详细记录，再由认定机构的检查员审查认可。

实现营销渠道多元化。德国从事有机农业的农户往往以一业为主、多种经营，凡有机农产品销售都贴有专门标志。由于有机农产品产量一般较常规产品低45%左右，因而，市场价格高于普通价格的1至2倍。目前有机食品的销售渠道主要有农户直销、专卖、传统店设专柜专区销售，分别占有机食品市场份额的25%、50%和25%。目前农户直销也形式多样，如在农场设立直销店，到专业市场承租柜台进行直销，根据订单直销送货上门，在一些发达地区还实行了网上订购和邮购。

德国发展有机农业的经验和做法，对起步中的本市有机农业具有启示作用：

发展有机农业要转变观念。有机农业在德国已深入人心，"有机的是最好的""以人为本""为环境而尽义务""为你奉献健康、新鲜、优质产品"等已成为不少企业和农户的座右铭。德国有机农业发展的最大特征就是在政府的适当引导和支持下，农户自觉、自愿地从事有机农业生产，其目的并不在于纯粹地获取利益，而是旨在努力建立一种综合的、健康的和环保的可持续发展的农业生产体系，使农业生态实现自我调节，农业资源实现再生利用。

发展有机农业要依托科技。从总体来看，德国有机农业具有很高的生产水平，科技含量也相当高。在我们考察的所有有机农场，各类农业机械配备齐全，生产过程已基本实现了农业机械化。如 Frunkenhausen 试验农场 320 公顷农田仅由 4 人负责耕作经营。同时所有有机农场都十分注重种植绿肥，实行作物轮作。不少地方都采取牧草、蔬菜、绿肥、麦子等连年轮作，三叶草等豆科作物在全年种植中的比例都在 20% 以上。

发展有机农业要综合经营。一业为主、多种经营，也是德国发展有机农业的一大特色。为了扩大种养业经济效益，不少农户都在农场内设置家庭直销店，除供应本场的农产品外，还与周围有机农户相互调剂有机产品，从而极大地丰富了直销店的供应种类和品种。在有机农业家庭经营中，一般都实现种养结合，产销配套。植麦种菜、养鸡饲猪、放牛喂鱼、精制奶酪、烧烤面包，形成了良性的生态循环结构链。

发展有机农业要完善中介组织。各类由农户自发组织的有机农业协会为农户开展全面的咨询服务，协调农户间以及生产与市场间的关系。目前，德国有 Bioland、demeter 等 9 个协会，拥有 100 多名咨询人员。有机农业协会每年为入会农户定期举办学术交流会、现场会，及时提供各类产销信息、技术资料等。

（刊于 2001 年 8 月 5 日《解放日报》）

日本都市农业：高品质背后的高效率

　　都市农业在世界各国大城市中广泛存在，但因不同的自然禀赋、发展进程和制度政策等，导致各国都市农业的发展模式千差万别，功能定位各有侧重。与欧美相比，日本的农情和中国更加接近。日前，上海市欧美同学会组织专家赴日本东京、大阪等地对都市农业进行了考察。

01
日本都市农业的"三高"特征

　　国际化大都市的东京还有没有农业？答案是有。东京都23个区都有都市农业，全都保留了超过50万亩的农田，承担了不小的农业生产功能，即便是繁华的练马区还保留215公顷的农用地。经考察，日本东京、大阪等地的都市农业具有"三高"特征：

　　第一，高品质。在日本，上市的农产品都经过精心包装。日本农产品讲究的是最佳赏味期，不注明保质期。日本农民从事生产的重要目标是追求质量，所以日本农产品不但销路畅，而且价格优，高颜值高品位高价值是日本农产品的特色。在外表美的背后，是日本农民对农业标准化的追求。

第二，高体验度。在日本，都市人深度参与都市农业，生产者与消费者建立了相互信赖关系，都市农业真正成为大城市不可或缺的组成部分。市民对地产特色农产品有深厚的感情，强调地产地销，一个地区农产品价格最高的是本地产的、有特色的，具有较高的区域农产品品牌力和竞争力。当然，最好是有文化、有故事的。

第三，高效率。日本的都市农业 2% 的农地提供了 8% 的农业总产值。产品的信誉度高，市场占有率高，农产品实现了货畅其流，其实质是小规模的农户 + 专业化社会化的生产体系，分享社会化经营利润。

02
支撑日本都市农业发展主要因素

日本都市农业之所以走在世界农业的前列，主要由"五个高度"予以支撑：

高度专业化。"具有差异的才是和谐的"是日本农业的显著特征。日本农业生产的专业分工十分明确，一个地区有一个地区的产业特色，一个农户有一个农户的主导产品，优势互补，相互依赖，共同构建起日本农业经济框架。

高度生态化。日本农民非常注重土地保护，实现可持续发展是农业经营者首要考虑的方向。在日本农村，人们可以看到刚翻耕过的耕作层均呈深褐色，土壤团粒结构良好，土质细腻而均匀，像海绵一样。"健康的土壤才能有健康的农产品"的理念已深入人心。

高度社会化。日本农协已发展成集经济职能与社会职能于一体的团队，其功能多样而全面，涵盖了农业生产、农产品购销流通等各个领域，负责农业生产资料采购、农民生产计划、农产品销售，将政府发放的补助金分发给农户或有关团体，代表农民向政府行政部门反映意见。日本农业因为农协周到的服务而得到发展，其作用无可替代。

高度产业化。功夫在农外——日本推行大食品、大农业的理念，延伸产业链、提升价值链，大力发展农业六次产业。社会分工细化以及社会组织方式变革衍生出农业众筹、订单农业、社区支持农业、农村养老服务业、农业生产性服务业、农产品私人定制等社会化农业新业态。鼓励非农企业进入乡村发展，参与农业生产经营的非农企业数量由 2010 年的 761 家增加到 2017 年的 3030 家，大大促进了乡村就业和收入提高。

高度科技化。一是发展机器人农业。机器人拖拉机效率是常规机械的 1.5 倍，日本已经成为农业无人机喷药第一大国。二是占领科技最前沿。植物工厂是现代设施农业的最高阶段，使农业从自然生态束缚中脱离出来，按计划周年性进行植物产品生产的农业系统，2018 年起从试验示范进入了大面积推广。三是高度重视农业教育。注重农民进修培养，农民素质普遍提高，农业科研与实验机构直接相互协作配合，实现了科研成果在各地的运用与推广。

03
未来都市农业发展主要方向

当然，日本都市农业发展过程中也存在不少问题，最突出的是"三高"问题，制约了其可持续发展：

高龄化。2018 年日本农业从业人员 175 万，平均年龄 66.8 岁；65 岁以上的农民占到了 60%，抛荒地不断增多，同样面临"谁来种田"的问题，一些地方陷入人口减少、产业衰退的恶性循环。预计到 2050 年日本农业人口将减少到 100 万人，其中三成是 85 岁以上老年人。

高补贴。在日本农林水产省的网站主页上，林林总总的农林牧渔补贴项目高达 470 种，补贴对象有涵盖整个农业的，还有对特定对象的补贴。补贴分为软件补贴和硬件补贴，硬件补贴的对象包括机械设备等 400 多种；软件补贴的对象是协议会、推进大会、调查项目、实证项目。

高保护。日本为保护本国农产品，对进口农产品设置各种壁垒。目前日本粮食等主要农产品的自给率仅为 39%。由于对农产品的刚性需求、进口比重不断增加，从总体看，日本农业缺乏国际竞争力。

为了解决这些问题，日本采取了一系列对策措施：

倡导六次产业化。日本鼓励发展六次产业。农业与加工、流通、餐饮、旅游等产业联动发展，大农业、大食品融为一体。2017 年日本农业生产额 8.5 万亿日元，而其食品加工业是农业生产总额的 9 倍。

倡导发展开放农业。调整出口结构，构建产官学结合的食物价值链，到 2020 年实现农林水产、食品出口额达 1 万亿日元。

倡导推行农业法人制度。2010 年农业法人数为 17558 个，2020 年要达到 3.5 万个。农业法人具有多种优势，家庭与经营分离、劳动报酬明确化、对外信用增强。

倡导引进培育新农民。政府通过资金支持等政策，鼓励年轻人移居乡村创业，最近 10 年新进入农业领域的创业人数增加到原来的 3 倍。

（刊于 2019 年 7 月 9 日《农民日报》）

伦敦、鹿特丹和东京农业农村考察报告

2019 年 5 月 19 日至 28 日，市农业农村委、市委研究室等部门组成考察团（由冯志勇同志带队），对英国伦敦、荷兰鹿特丹和日本东京的乡村和农业发展情况进行了调研。考察团先后与英国 CAB 中心、英国洛桑农业研究中心、荷兰鹿特丹市政府、荷兰世界园艺中心、日本国家农业科学院（NARO）、日本农林中金综合研究所、日本农林水产省等的专家学者和官员进行了交流，实地考察了伦敦、鹿特丹、东京等城市近郊乡村和现代农业最前沿的植物工厂、漂浮农场、自动化试验场等。同时，查阅了欧美一些发达国家乡村建设的相关资料。考察团感到，英、荷、日等发达国家的大城市郊区城乡发展高度融合，农业农村现代化走在世界各国前列，一些经验值得上海学习借鉴。

一、三市郊区乡村和现代农业的主要亮点

（一）英国、日本的乡村最大魅力在于生态宜居。伦敦和东京郊区乡村的生态基底和环境都非常好，伦敦的绿化及水域覆盖率达到 66%。考察发现，伦敦郊区乡村整体是个大花园，乡

村小镇古朴典雅、错落有致，感觉非常生态宜居。东京郊区乡村整体感觉与伦敦相似，区别是东京都至今还保留了超过 50 万亩的农地，承担不小的农业生产功能。伦敦、东京的郊区，本质上是生态宜居的城市居民社区，住在乡村的主要是有产阶级，属于中等收入以上阶层，真正的农民很少。大量的非农业人口居住在乡村，不仅优化了乡村人口结构，也提高了乡村经济社会发展水平。英国人把住在乡村、回归乡村作为人生一大追求，日本也出现新一轮回归乡村潮，乡村吸引力可见一斑。它们的共同经验：一是加强历史和风貌管控。英国对土地发展权进行深入界定和合理规范，按照规划和法律等严格管理。日本则先后采取立法、体制、机制和政策工具，改善乡村配套服务，保护环境，解决好发展不均衡问题。二是注重完善乡村整体功能。英国、日本在乡村发展政策方面都进行了一些重要改革，包括实行农业经营专业化、推进城乡功能互补、增加乡村就业机会等。

（二）荷兰、日本的农业最大特征是优质高效。荷兰农业劳动力占全社会劳动力的 2%，农业增加值却占 GDP 的 4%，出口占总出口的 25%。全国农业劳均产值 4 万多欧元，劳均出口 3.3 万美元，第一产业劳动生产率和农民收入均高于第二、第三产业，农业大批出口、大把赚钱和大量缴税，成为国民经济的支柱产业。日本的农产品品优质佳，是精致农业的典范。据介绍，日本都市农业仅占全国 2% 的农地，却贡献了 8% 的农业产值。农业的生产生态、抗灾防灾、文化传承、休闲体验等多元化功能在东京都表现得淋漓尽致。它们的共同经验：一是依托高科技支撑。日本十分重视利用人工智能、云计算实行农业全自动化管理；利用手机 App 操控，实现农田灌排水自动化；水稻播种、收割等环节无人机械大面积广泛应用。荷兰大力发展种源农业，利用基因技术在蔬菜、园艺新品种育种方面已走在世界最前沿，温室蔬菜彩椒单位产量高达 50 公斤 / 平方米，1 公斤番茄种子价格远远高于 1 公斤黄金。二是实现全产业链增效。始终贯彻大农业、大食品的理念，实行农林牧副渔结合，坚持农业与其他产业跨界融合发展，做到产学研一体，通过延伸产业链不断提升价值链。考察团参观的荷兰绿港模式，从种子、育苗、生产到加工、贸易、物流、金融，农业关联产业高度集聚，形成了上下游紧密联系、一二三产业贯通的全产业链。同样，日本大力倡导一二三产业融合的六次产业发展，2017 年六次产业总额达 3.9 万亿日元（约 2500 亿元人民币），年均增幅 4%。

（三）英荷日的农民都是高素质职业化。在英国、荷兰，从事农业的人员都是高素质的职业农民。当农民是有最低门槛的，农民是很体面的职业。荷兰农民素质最高，教授、博士不稀罕。同时只有取得农业大学毕业证书即绿色证书的人，才有资格成为农民。英国明确规定农民从业的学历门槛，实行"有证务农"，持有《专业资格证书》《农民师傅证书》的农民，才能经营管理农场及招收学徒。日本农业家庭经营实行长子（女）继承制，农业就业的最低门槛是大专毕业。同时，农民的来源面向全社会。政府出台优惠政策吸引农外优秀人才到乡入村当农民。

二、对上海农业农村农民定位与发展的思考

通过考察，我们有三点感触尤深：一是乡村振兴需要在城镇化大趋势下谋划。纵观伦敦和东京郊区乡村发展历程，城市一直是中心，城镇化或城市对农村人口的吸引力一直客观存在。发展到现在，东京和伦敦郊区的农村人口还是继续往大城市集聚。这也是上海乡村振兴必须正视的问题，必须坚持推进城镇化战略和实施乡村振兴战略两翼齐飞。二是乡村产业发育程度决定乡村活力。没有现代产业支撑，年轻人很难留得住。在英国，很多大学都在乡村，教育产业带动乡村发展，这些乡村的人才就能留下来，乡村发展才有活力；还有德国，前100名的企业总部仅有3个设在柏林，其余企业的总部都设在乡下的小市小镇；反观上海，改造、建设做得多，而产业考虑比较少。三是城乡融合是推进乡村振兴的根本动力。日本偏远地区乡村的空心化和消亡的程度，远甚于东京郊区，根本原因在于东京郊区有城乡人口和资源流动融合的条件。上海城市对乡村各类要素的虹吸效应十分强烈，留在乡村的农民很难支撑乡村振兴，城市要素反向流入农村又存在制度障碍。如何打破制度壁垒，促进城乡要素双向流动，是增强乡村发展动力必须回答的问题。

对标伦敦、东京等城市郊区乡村发展和现代农业的标准水平，考察团认为，在"上海郊区乡村是城市核心功能的重要承载地、城市能级和核心竞争力的战略空间"的总体定位下，上海"三农"定位要深化完善。具体是：

上海乡村要加快转变为城乡居民高品质宜居宜业空间。这一定位要从四个维度、八个字来把握：底色、融合、活力、开放。底色，就是要全面提高乡村生态和环境品质，这是基底和基础。融合，就是要实现城乡在人口、资源等各方面要素的无障碍双向流动，在设施和公共服务上的合理布局。活力，就是乡村有较好的产业支撑，合理的人口结构，内生的持续发展动力。开放，就是要改变乡村相对封闭倾向，对城市开放，更多更好承担城市功能。

上海农业要努力成为农业科技创新高地。要立足都市型农业特点，强化大农业、大食品理念，从保障型向质量效益生态型转变，在科创、发展模式、标准引领上发挥更大作用。上海农业要突出重点，充分利用上海人才、科技等综合优势，加强种源农业系统研究，加快智慧农业技术应用，将研发作为产业来打造，将技术作为商品来推销。抓住了种源农业和智慧农业，上海就抓住了农业产业链"微笑曲线"两端，并可衍生做强农业总部经济、农业服务贸易、农业技术贸易等。

上海农民要在新型职业化上走在全国前列。未来的农民仅仅是一种职业而不是身份。上海要积极创造条件，开展试点，率先建立有知识、有文化、懂技术、善经营、会管理的职业农民制度，同时要制定鼓励政策，积极创造各类条件，吸引一大批高素质人员从事农业全产业链经营，突破乡村振兴的人才瓶颈，使农民不再是贫困落后的代名词。

通过考察与对标，我们感到下一阶段应结合上海实际，明确路径和配套措施。

第一，没有人的融合，乡村振兴就是一句空话，必须以人的融合为核心，在打破城乡壁垒、促进城乡融合发展上加大政策探索力度。由于土地制度等方面差异，上海乡村虽然对城市人口有吸引力，但面临一些制度化障碍。下一步，要在促进市民留乡、人才下乡、企业驻乡上出台导向鲜明的政策措施。"卡脖子"的是土地制度，比如集体建设用地方面，要研究制定引导乡村各类产业发展的用地指南和负面清单，进一步用足用好集体建设用地。比如宅基地制度方面，在三权分置基础上，充分运用镇村集体经济产权制度改革成果，积极争取试点，扩大农村宅基地使用范围，探索拓展居住以外的其他功能；对不是集体经济组织成员和无宅基地使用资格的，明确准入标准和相关制度；探索建立宅基地使用权交易市场，逐步形成稳定、规范的农村宅基地使用制度体系。促进要素双向流动的政策要跟上，比如促进企业下乡，在创业支持、税收优惠、社会保障等方面，出台支持政策；对适合在农村发展的服务业等，在标准引导、资本引入等加大支持力度。通过加强产业和资本支撑，为乡村发展注入动力。

第二，如果只满足于保供应和小打小闹，上海农业没有出路，必须以农业科技化、智能化为导向，把上海农业打造成有较强竞争力的产业。荷兰和日本农业充分表明，农业的高附加值体现在技术上，无论是种子还是装备，都是农业新技术的载体；农业的高附加值还体现在产业链各要素市场化的整合上，在市场中充分实现技术的价值。但目前上海的农业科技既没有内容，也没有形态。因此，建议将农业科创作为科创中心建设的重要内容，把原来分散于浦东、闵行和崇明的三个现代农业科技创新中心进行整合，聚焦种源农业和智慧农业，出台人才集聚支持政策，加强农业补贴和产业政策整合，把农业技术当作产品来经营，构建上海都市绿色农业科技高地，打造国家现代农业创新中心。建议着手构建大农业格局，将农业与食品行业统筹考虑，充分延伸农业产业链，通过食品行业消费需求升级，带动农业整体标准和水平的提升，参照荷兰绿港全产业链联盟（DGD）模式，引入行业头部企业，培育农业产业集群；参照国际通行做法，逐步调整农业和食品管理体制，实行农业和食品行业统管。

第三，"虹吸"后留下的农民已不适应现实和未来要求，必须看准农民职业化、农村居民非农化大趋势，率先形成较系统的职业农民制度和吸引高素质非农居民举措。一方面，力争2022 年前在全国率先全面建立职业农民制度，在全市郊区镇村布局规划的基础上，在新型职业农民制度建设上早着手、早探索，突出强调农民的职业属性，在职业注册管理、能力发展、政策扶持和社会保障等方面做出规范性安排，让符合条件的城里人也可以成为农民。另一方面，要畅通我市城乡间人才要素双向流动渠道，吸引、留下、储备更多的高素质农村居民，整体改善农村人口结构，使乡村更具活力。

第四，乡村振兴不是齐头并进、遍地开花，必须坚持非均衡化发展思路，把握好乡村振兴的推进节奏和推进方式。乡村发展有其自身规律，不能急躁冒进。伦敦和东京等大都市郊区乡村发展也历经长期演进积累，上海的乡村振兴既要有时不我待的紧迫感，也要有功成不必在我的使命感，应紧盯长远目标保持定力，在制度设计、政策引导和人才培养上下功夫，优化完善财政资金引导方式，切实减少"财政政策依赖症"，更多借力社会资本和市场机制，吸引来自全球农业农村领域的龙头企业和专业团队，提升带动上海乡村振兴的能级水平。要坚持非均衡化发展。面上重在打底色，点上力求有亮点、有突破。一方面，上海要把环境整治和生态营造作为最基本、最重要工作来抓，尤其是一些策划、规划没有真正想明白的地区，先整环境、做生态、做必要的基础设施，整体提升郊区乡村生态基底；另一方面，精心策划、科学规划一批有引领带动效应、辐射服务作用的现代农业发展和美丽乡村建设标杆项目，率先实现高水平的城乡融合，拉动支撑面上发展。

（与吴祖麒合作执笔）

习近平总书记在上海工作期间
对推动"三农"发展的思考与实践

中央农村工作领导小组办公室　上海市委农村工作办公室

习近平同志在上海工作期间，高度重视"三农"工作。在短短 7 个多月的时间内，他深入郊区农村，走田头、访农户、听民生、摸民情、解民忧，足迹遍布上海郊区乡村。在 2007 年 5 月 24 日上海市第九次党代表大会报告中，习近平同志指出："加大城乡统筹力度，加快社会主义新农村建设。更加注重郊区农村发展，坚持工业反哺农业、城市支持农村和多予少取放活的方针，加快转变农村生产生活方式，在解决'三农'问题、破除城乡二元结构上走在前列。"重温习近平同志对上海"三农"工作的一系列重要论述，总结上海这些年来的探索实践，对于新时代实施乡村振兴战略，更好地开创"三农"工作新局面，具有重要指导意义。

一、在"三农"发展战略上，习近平同志在不同时间、不同场合强调，"三农"问题是关系国计民生的根本性问题，必须坚持重中之重的战略地位。他指出，"破除二元结构，就是要把农村抓好，新农村建设这个战略任务，一定要在上海得到体现，不能说我们是国际化大都市，就轻农，就忽视农业，忽视'三农'"，"投入上向'三农'的倾斜力度要更加大一点，公共财政支出向'三农'多拨一些"（2007 年 8 月 9 日在南汇区调研时的讲话）。他指出，"城市与农村，农业与二三产业之间有着非常紧密的依存关系，正确处理城乡关系、工农关系，实现一二三产业协调发展和城乡共同进步，是推动科学发展、促进社会和谐的重要基础"（2007 年 9 月 27 日在上海市农村党的建设"三级联创"活动工作会议上的讲话）。他指出，上海"具备了全面实现城乡一体化的条件。城乡一体化并不是一样化、一律化、无差别化，还是有差别的，城还是城，乡还是乡，风貌还是不一样的"（2007 年 8 月 29 日在奉贤区调研时的讲话）。习近平同志在上海市委八届十二次全会结束时的讲话中指出，上海作为特大型城市，虽然农业比重非常小，不到 1%，但只要有农业、农村、农民，就要把"三农"工作作为重中之重来抓。这些重要论断，科学回答了如何看待"三农"、对待"三农"、抓好"三农"的问题，全面阐述了解决好"三农"问题在现代化全局和长远发展中的根本地位，把解决"三农"问题的重要性提升到了历史新高度，为上海推进"三农"工作提供了根本遵循。这些年来，上海全面落实"三农"重中之重的战略思想，加大统筹城乡发展力度，实施一系列强农惠农政策，郊区农业农村发展取得显著成绩，城乡一体化水平不断提高，在全国各省区市中率先进入了城乡融合发展新阶段。

二、在发展现代农业上，习近平同志强调坚持发展高效生态农业，发挥农业多功能性的作用。他指出，"从现代农业发展本身看，上海的农业也大有可为"（2007 年 5 月 13 日在上海市委八届十二次全会结束时的讲话）。他每到一地调研，都会叮嘱上海农口同志，发展现代农业要学习借鉴"荷兰经验"，将农业搞得很精致、很现代化，具有高附加值，使之成为一个亮点。他在宝山区调研时提出，要依托大都市的综合优势，坚持农业的科技化、集约化发展，大力发展现代、生态、高效、特色农业，全面提升农业的经济功能、生态功能和服务功能。他指出，"农业不求大而求精"，"在现代农业方面起到一个试验田、示范区的作用"（2007 年 6 月 19 日在闵行区调研时的讲话）。"现代农业，不仅应该体现在设施农业、种源农业、精细农业、高效生态农业上，而且还可以和其他产业融合"，"应该把现代农业发展起来，做精、做优、做强"（2007 年 7 月 5 日在嘉定区调研时的讲话）。这些重要论断是对农业现代化发展规律的深刻认识，推动了上海都市现代农业内涵的重大拓展、导向的重大提升和实践的重大创新。这些年来，上海都市现代农业发展迈出新步伐，在全国各省区市率先整建制创建国家现代农业示范区，

农业可追溯体系保持在 90% 以上，农业科技进步贡献率达到
70% 左右。经测评，2017 年上海农业的现代化评价指数和都市
农业发展指数均名列全国第一。

三、在推进农村建设上，习近平同志强调坚持遵循乡村发
展规律，扎实推进美丽宜居乡村建设。他提出，"不搞大拆大
建，分类指导、因地制宜，尊重村民意愿"，"发挥农民的主体
作用，使村容整治等方面有明显改变"（2007 年 8 月 23 日在松
江区调研时的讲话）。在考察了嘉定区毛桥村后，习近平同志指
出，"这个项目老百姓还是积极拥护的。从改造模式看，没有花
多少钱，没有搞强拆强建，是比较自然、比较纯朴的，也是适
合当前发展阶段的"，"充分调动广大群众特别是农民群众的积
极性，让他们有更大的热情参与社会主义新农村建设"，"很自
然的现代化村落，城里人来了，感到很新鲜，感到城里所没有
的这样一个氛围"（2007 年 7 月 5 日在嘉定区调研时的讲话）。
对于农村风貌保护，习近平同志强调，"符合农村的自然风貌，
具有江南水乡、古城特点的文化风貌要保护下来"（2007 年 8 月
9 日在南汇区调研时的讲话），"像枫泾古镇以及农村自然村落
等，这些都是极为宝贵的历史文脉"，"在推进新农村建设过程
中，要倍加珍惜，切实加以保护"（2007 年 6 月 12 日在金山区
调研时的讲话）。在上海推进新农村建设中，习近平同志十分重
视解决农村经济发展不平衡问题。他指出，"本市经济薄弱村的
面较广、量较大，推进其发展经济的任务很重"（2007 年 8 月 8

日在上海市农委《情况专报》上的批示）。习近平同志要求农口的同志抓紧落实、务实求效，切实把这项工作当做"三农"工作和新农村建设的一项重要内容来抓。这是城乡融合发展战略思想的率先实践，也是加强综合帮扶缩小城乡差距的实际行动。这些重要论断深刻揭示了乡村经济和社会发展的规律性要求，为上海搞好新农村建设提供了基本指引。这些年来，上海以村庄改造为载体，全面实施农村基础设施建设、村庄环境综合整治等工程，农村人居环境持续改善。到 2017 年底，全市累计完成 30 万户村庄改造及 20 万户农村生活污水设施改造，400 多个薄弱村通过综合帮扶，村均增加资产 830 万元。

四、在促进农民增收上，习近平同志强调坚持在发展中保障和改善民生，让农民有更多的获得感。"小康不小康，关键看老乡"，习近平同志十分重视农民的收入问题。他指出，"虽然上海农民生活水平在全国最高，但与城市居民相比还有不小差距。只有把这部分群体的民生问题解决好，上海才能真正率先构建社会主义和谐社会"（2007 年 5 月 13 日在上海市委八届十二次全会上的讲话）。他指出，"'三农'问题的核心是农民问题，农民问题的核心是增进利益和保障权益问题"（2007 年 9 月 27 日在上海市农村党的建设"三级联创"活动工作会议上的讲话）。他指出，要拓宽渠道增加农民收入。"促进农民非农就业，挖掘农业增收潜力，完善农村社会保障，建立健全农民增收长效机制，不断提高农民收入水平"（2007 年 5 月 24 日在上海市第九次党代表大会上的报告）。"尽量地转移农民，提高城市化水平，使更多的相对富裕起来的农民、有条件转移的农民，转移到城市去、转移到非农行业上来"（2007 年 8 月 23 日在松江区调研时的讲话）。他在南汇区调研时指出，通过农业种植业、农业养殖业也能够让农民增收致富。"要发展农村合作社，扶持一批龙头企业，通过能人带头、政府扶持，把设施、技术、市场结合在一起"，"形成联系比较紧密的共同体"（2007 年 8 月 9 日在南汇区调研时的讲话）。他重视新型农民的培育工作，指出，"培养有知识、有文化、懂得现代技术的现代农民。这个方面，你们的工作条件好一点、基础好一点，应该做得更好一点，可以在上海起示范作用，甚至为全国提供经验"（2007 年 6 月 19 日在闵行区调研时的讲话）。他在奉贤区调研时要求公共财政加大对经济薄弱村的扶持，在此基础上培育集体经济财力，依靠三产等物业，通过增加一些不动产，提高农民收入。这些重要论断体现了以人民为中心的发展思想，科学回答了农村发展为了谁、发展依靠谁、发展成果由谁享有的根本问题，推动了上海农民收入持续较快增长。这些年来，上海把增加农民收入作为"三农"工作的中心任务来抓，坚持因地制宜，多管齐下，着力创新体制机制，有效促进了农民收入持续增收。近年来，农民收入增幅始终快于城镇居民收入增幅，2017 年全市农村居民人均可支配收入 27825 元，名列全国各省区市前茅，城乡居民收入比值为 2.25。

五、在深化农村改革上，习近平同志强调坚持不懈推进制度创新，激活农业农村发展新动力。他在上海市第九次党代表大会上的报告中提出，"把增加农民收入、改善农民生活作为农村改革发展的出发点和落脚点"。在农业改革方面，习近平同志希望松江在稳定农村家庭联产承包制的前提下，探索研究家庭经营、土地流转和农业服务主体怎么结合的问题。他提出，松江处于改革的先行先试区，要考虑怎么去推动规模经营，做好土地流转的文章。在农村改革方面，习近平同志强调，不断深化农村综合改革，增强农村发展动力，切实减轻农民负担。他提出，在推进改革过程中，既要稳定好农村基本经营制度，也要保护好农民的利益。这些重要论断是解决"三农"问题的治本之策，也是缩小城乡差距的制度创新，深刻阐明了深化农业农村改革的出发点和落脚点，为上海农业农村改革明确了底线、指明了方向。这些年来，上海松江区在全国率先培育和发展家庭农场，破解了"谁来种田、怎样种田"的问题，松江家庭农场以农户家庭为经营主体，主要依靠本地家庭劳动力，实现了生产规模化、专业化和集约化，提高了农业生产水平，粮食生产经营成为农民家庭收入的主要来源。2013 年，家庭农场这一新兴农业经营主体，写进了中央 1 号文件，在上海乃至全国各地得以迅速推广。同样，上海农村改革持续深化，到 2017 年底，全市农村土地承包经营权确权登记颁证率达 99.6%，提前一年完成确权登记颁证任务。率先全面推进农村集体经济产权制度改革，全市 98% 的村和 51% 的镇完成了产权制度改革，走在全国前列。

六、在生态文明建设上，习近平同志强调坚持绿色生态为导向，推动农业农村可持续发展。习近平同志高度重视农业生态发展，他在金山区调研时提出，金山要建设百里花园、百里果园、百里菜园，成为上海的后花园。"广大农村地区是整个城市不可或缺的生态屏障，是城市的'氧吧'和'绿肺'，这是其他任何产业不能替代的"（2007 年 9 月 27 日在上海市农村党的建设"三级联创"活动工作会议上的讲话）。"有历史风貌，像江南水乡、小桥流水，那种粉墙黛瓦、徽派建筑，虽然旧了，但还是要修旧如旧，保持它原汁原味的风貌"（2007 年 8 月 29 日在奉贤区调研时的讲话）。习近平同志在崇明调研时指出，"建设崇明生态岛是上海全面落实科学发展观、加快构建社会主义和谐社会的一个重大举措"，"要坚持高起点、高标准，扎扎实实推进崇明生态岛建设"，"建设成为水清气洁、林茂土净、环境宜人的生态岛屿"（2007 年 4 月 12 日在崇明县调研时的讲话）。他在青浦调研时指出，要加强环境保护和生态治理，进一步加大污染控制力度，加强水环境治理，做好生态治理工作；要积极探索建立环境保护补偿机制，立足实际，加快建立与周边省市的协同机制，真正形成湖区治理的长效机制。这些重要论断是人类文明发展理念的嬗变和升华，也是经济社会发展方式的认识飞跃，深刻阐明了发展经济和保护生态环境的内在统一性，为上海推进农村经济建设和生态文明建设提供了根本指南。这些年来，上海生态农业发展取得明显成效，全面完成了不规范畜禽养殖场的整治任务，加强养殖业面源污染整治力度，推进中小河道周边畜禽养殖场综合治理计划，探索畜禽养殖废弃物资源化利用新途径，促进种养结合、生态循环，实施农药化肥减量化和农作物秸秆综合利用，有效改善了农业生态环境。到 2017 年底，全市农村生活垃圾处置设施"一主多点"布局基本形成，建成廊下等 6 座郊野公园，农村森林覆盖率达 16.2%，农村生态环境明显改善。

七、在公共服务供给上，习近平同志强调让农民共享现代化和改革的成果。他指出，"在公共事业上，要加大对农村基础设施建设和社会事业发展的倾斜力度，切实改善农民生活环境，提高农民生活质量"（2007 年 6 月 19 日在闵行区调研时的讲话）。习近平同志指出，"基础设施的改善，向一体化方向走，城市向农村延伸，水电路桥将来村村通、户户通"，"垃圾处理要实行村收集、乡镇集中、区县处理"，"改灶、改厕等都应该全面推开"，"在建设物质文明的同时还要加强精神文明建设，要软件和硬件并重"，"软件，就是镇保、社保、合作医疗制度的建立，对于三无人员、五保（户）的集中供养，上海要解决得好一点，力度要再大一些"（2007 年 8 月 9 日在南汇区调研时的讲话），"在坚持现有行之有效的政策不变、给农民的实惠不减的基础上抓调整，凡是不利于促进城乡统筹的政策体制要及时废除，对有不足之处的政策要加以完善"（2007 年 9 月 27 日在上海市农村党的建设"三级联创"活动工作会议上的讲话）。这些重要论断为调整国民收入分配格局、推动上海农村公共服务加快发展和城乡一体化公共服务制度体系加快构建提供了基本遵循。这些年来，上海城乡发展一体化迈出新步伐，出台了一系列新举措，居民养老保险、医疗保险、低保等保障制度实现城乡统一，基本服务均等化水平持续提高。到 2017 年底，新农合人均筹资提高到 3000 元，农村低保每人每月 970 元，农民养老金标准提高到 750 元，居全国之首。

八、在农村基层党建上，习近平同志十分重视加强农村党建。他多次强调要加强农村基层党组织建设，引导农村基层组织既要重视抓好经济，又要重视抓好党建和村务管理。"只有农村基层干部队伍坚强有力，农村的基层政权才能得到巩固，中央和市委的重大战略部署才能在农村不折不扣地得到落实，各级党组织在农民群众中的凝聚力和影响力才能不断增强"（2007 年 9 月 27 日在上海市农村党的建设"三级联创"活动工作会议上的讲话）。他提出，通过加强基层党建，赋予农村基层更强的战斗力。他强调，"要培养好、建设好农村基层领导班子，特别是要结合村党组织换届选举，切实把那些靠得住、有本事、肯带领农民致富、群众公认的优秀人才充实到基层领导岗位。要不断拓展农村干部和人才队伍来源。一方面，要加强本土人才培养，吸引更多的本土人才从城市向农村回流；另一方面，区县党委要通过引进输送、机关下派等途径，选优、配齐、配强村干部。要建立机制，选拔应届毕业大学生和机关干部充实到农村基层。要加强农村基层干部作风建设"，"教育广大农村干部大力弘扬求真务实精神，切实增强忧患意识、公仆意识和节俭意识，大兴调查研究之风，深入基层、深入实际、深入群众，深入田间地头和农民家中，体察民情、倾听民意、关注民生，到困难多的地方去解决最难解决的问题"（2007 年 9 月 27 日在上海市农村党的建设"三级联创"活动工作会议上的讲话）。这些重要论断回答了加强农村党建的必要性和重大战略意义，是对农村党的建设、基层组织管理的加强、创新和提升，是上海加强农村党建、提升乡村治理水平的宝贵财富。

习近平总书记关于做好"三农"工作的重要论述博大精深，立意深远，视野广阔，内涵丰富，从宏观全局和历史进程，全面阐述了"三农"发展的一系列重大理论问题和现实问题，深刻揭示了现代化进程中城乡关系变迁的一般规律和富民强国之路，提升了农村改革发展经验，是习近平新时代中国特色社会主义思想的重要组成部分，是新时代做好"三农"工作的强大思想武器和根本遵循。上海将认真学习贯彻习近平总书记关于做好"三农"工作的重要论述，按照"产业兴旺、生态宜居、乡风文明、治理有效、生活富裕"的总要求，依托现代化国际大都市优势，建立健全城乡融合发展的体制机制和政策体系，探索走农业持续发展、农村面貌持续改善、农民收入持续增长的新路，实现更高水平的小康社会和更高水平的城乡融合发展，努力在实施乡村振兴战略中做出示范、走在前列。

（刊于 2018 年 9 月 28 日《人民日报》第一版）

写在后面的话

绿色柔情

温室的世界是冬天里的春天。

无土的地方长满了绿色，甚至连岩石中也能绽开生命的笑容。

万般柔情的绿色，不知是从哪里启程的？

绵长的番茄树，在温室里无限地伸展着枝叶。

高高低低的花朵中，夕阳下熊蜂们仍在忙碌地传授着生命的密码。

洋香瓜、黄甜椒和一口茄，香味溢出大棚，那一份多彩的温馨，是耕耘者酿造的。

内外交流的天窗已经启开，一切都按计算机的指令在和谐地运转。

长长的滴灌，营养液从针孔滑出。

静静的滴答滴答声，分明是在弹奏一曲柔美的小调。

控制室里的电脑上发来了农业开发区总部的"伊妹儿"：今晚放映电影——《绿色柔情》。

宁静的小村

早熟的新稻穗，被金色的风荡开去，像一把活动着展开的扇。

小村的园艺场里，荷兰芹浸透了湿露，又趋于活跃。

新生的叶子一次次伸出幼嫩的手，接受来自东方一股股清凉的风。

晚归的信鸽，学会了多国语言，匆匆地寻觅着回村的路。

乡村图书馆的灯光又亮了起来，有书页在掀动。

城市大楼的窗口，每天都在增加。大都市走进小乡村的脚步可以侧耳聆听。

和着东方阵阵悠扬的钢琴声，温柔的月光亲吻着小村，也亲吻着晚归的女报关员浑圆的肩。

这里的夜晚静悄悄。

不甘寂寞的蟋蟀是田野里崭露头角的乡土诗人，灵感的羽翼不时在振鸣……

呵，浦东的一个普通的夜晚。一个普通而又宁静的小村。

《绿色柔情》和《宁静的小村》是笔者2000年12月12日发表在《文汇报》"笔会"专版上的散文诗，25年后重新翻阅，仍然诗意盎然，从一个侧面反映了都市乡村日新月异的喜人变化。于是，我把它选录下来，作为《回眸都市乡村改革开放》一书后记的开篇内容。

从 1985 年踏上工作岗位，40 个春夏秋冬，弹指一挥间。

吾城吾乡，共融共享：

有一片土地，是乡下人的"责任田"，是城里人的"后花园"，是美好生活的栖息处，也是城市核心功能的重要承载地。

梧桐萋萋，有凤来栖：

有一份追求，是"懂农业"到"爱农村"，是"会种地"到"慧种地"，是从无到有的探索，还是从一场场实践到一个个梦想。

风吹稻浪，怡然徜徉：

有一种沉浸，是感受淳朴的乡风，是品尝多滋的乡味，是聆听熟悉的乡音，更是体验绵长的乡愁。

上海既要有繁荣繁华的现代都市，也要有生机盎然的美丽乡村。

我把四十年来的所遇所见，所盼所望，所思所想，朝花夕拾，编织起来，以飨各位亲爱的读者。

感谢文汇出版社社长周伯军先生的慧眼识珠，感谢责任编辑徐曙蕾女士的鼎力相助，使得拙作得以出版。

感谢我的历届领导、历任同事和诸位好友的关心、关照和支持、帮助；感谢我的爱人和儿子的温馨关怀和默默支持！

2025 年元旦　于上海塞纳左岸

图书在版编目（CIP）数据

回眸都市乡村改革开放：那些人那些事 / 方志权著 .
上海：文汇出版社，2025. 2. -- ISBN 978-7-5496
-4440-7

Ⅰ. I267.1

中国国家版本馆 CIP 数据核字第 2025XD9737 号

回眸都市乡村改革开放：那些人那些事

著　　者　方志权
责任编辑　徐曙蕾
装帧设计　董红红

出版发行　**囧文匯**出版社
　　　　　上海市威海路 755 号
　　　　　（邮政编码 200041）
照　　排　南京理工出版信息技术有限公司
印刷装订　上海颛辉印刷厂有限公司
版　　次　2025 年 2 月第 1 版
印　　次　2025 年 4 月第 3 次印刷
开　　本　890×1240　1/32
字　　数　150 千（插页 20）
印　　张　7.5

ISBN 978-7-5496-4440-7
定　　价　68.00 元